ただ一度あなただけ

キャロル・モーティマー
原　淳子 訳

ハーレクイン
SP文庫

ONE-MAN WOMAN

by Carole Mortimer

Published by Harlequin Japan,

a Division of K.K. HarperCollins Japan, 2022

キャロル・モーティマー

ハーレクイン・シリーズでもっとも愛され、人気のある作家の一人。14歳の頃からロマンス小説に傾倒し、アン・メイザーに感銘を受けて作家になることを決意。コンピューター関連の仕事の合間に小説を書くようになり、1978年に見事デビューを果たす。以来、数多くの作品を生み続け、2015年にはアメリカロマンス作家協会から、その功績を称える功労賞を授与された。エリザベス女王からも目覚ましい活躍を認められている。

◆主要登場人物

エリー・トムソン……………ホテルの経営者。
ベス……………………………ホテルの経営者。エリーの妹。
ジェイムズ……………………ベスの夫。
ピーター・オズボーン………ホテルのシェフ。
ダニエル・サッカリー………世界的な事業家。

1

いったいわたしは何をしているのかしら？

まるで何年か前にテレビで見たコメディードラマだ。エリーの妹のベスはそうした類《たぐ》いのユーモアが好きだった。エリーがその番組で感心した点はただひとつ、男女の役者が、もうひとりの役者が現れる寸前に、その場から戸棚の中と隣の部屋へ姿を消すどんぴしゃりのタイミングだった。そこだけはおもしろいと思ったが、それも手際がいいからであって、おかしいからではなかった。

そして、今の事態もおかしいどころではない。衣装戸棚に消えたのがエリー自身ときては、おかしいわけがない！

しかも、そのスイート・ルームの客が寝室に近づいてくる足音が聞こえて、やっと間に合って隠れたのだ。

もちろん、厚かましくその場を押し通すこともできた。実際、戸棚にひそんだ今になって、そうすればよかったと思っている。でも、隣の居間で鍵《かぎ》が回る音が聞こえたとたんにパニックに取りつかれ、夜の八時にホテルのオーナーが客の部屋にいるもっともらしい理由など思いつけなかったのだ。しかも、衣装戸棚の中にいるなんて、どんな言い訳ができるだろう？　虫がいるという手は最近のコメディーですでに使われているし、木が腐っているというのもあまり説得力があるとは思えない。

鍵の音が聞こえたとき、パニックを起こしたりさえしなければ！　もしも、この部屋に泊まっているダニエル・サッカリーが、この戸棚にかけてあるスーツのポケットに何か忘れていたりしたら、いったいどういうことになるやら？　チェック・インのときに、彼は今晩はホテルで夕食をとると言っていたから、おそらく下に行く前に着替えたのだろう。実のところ、彼が八時に食事をすると知っていたからこそ、今がいいタイミングだと思って忍びこんだのに、とんでもないことになってしまった。最初はバスルームに逃げこもうかと思ったけれど、バスルームでは身を隠すところがどこにもないし、その上、もし、ダニエル・サッカリー自身が入ってくる気になったら……！

男はもう寝室に入りかけていた。戸棚の扉のかすかな隙間《すきま》から彼の足が見えた。黒革の贅沢《ぜいたく》な靴をはいている。たぶん手縫いだとわかってエリーはむかついた。腰の高さまで見えるイヴニング・スーツも、おそらく手縫いの仕立てだ。隙間の角度の加減で腰から上は見えなかった。

別に彼の顔が見たいわけではない。顔ならもうチェック・インのときに見ている。彼自身にとっても十六歳から六十歳までの全女性にとっても危険がいっぱいの、人をぼうっとさせる顔立ちだ。刺すようなブルーの目がじっとエリーに注がれていたが、心からの関心はうかがえなかった。鼻はわし鼻で、口元は官能的、あごは傲慢《ごうまん》な感じに突きでている。少し伸びすぎた黒っぽい髪は、さりげなく今風に後ろにとかしつけられていた。

でも、もしも、戸棚を開けてわたしを見つけたら、はたしてあの男の顔は、さっきのように無関心でにこやかだろうか!

「楽にしていてくれ」男はハスキーな声でだれかに呼びかけた。「ぼくはちょっと電話をかけなくちゃならない」

「アンジェラね?」かすれた女性の声がゆったりと言った。

「もちろん」ダニエル・サッカリーはそっけなく答えた。

ああ神様、彼はひとりじゃないんだわ――その瞬間、エリーの頭に浮かんだのはそれだけだった。

「あらまあ」女性は軽い調子で続けた。「わたしたちが一緒にここにいるのがわかったら、あの人、さぞかっかするでしょうね」

「本気で気にしているのか?」ばかにした口調だ。

「別に」

サッカリーはくすっと笑った。「そうだろうと思ったよ。長くはかからない。ミニ・バーのものを勝手に飲んでいてくれ」

「いいわ、ダーリン、でも、あんまり長く待たせないでね。わたし、夕食が待ち遠しいのよ」

つまり、少なくともふたりはやはり食事に行くということだ。それがわかるまでは、さらにひどいことになるのではないかとぞっとしていた。もし、ダニエル・サッカリーが今、魂胆があって女性を部屋に連れてきたのだったら、いったいどうなっていただろう？　寝室で何かが起きている間、ずっと戸棚に隠れているなんて、とても耐えられない！

男は寝室に入ってドアを閉め、エリーに背を向けてベッドに腰を下ろした。黒いイヴニング・ジャケットに包まれた幅の広い肩とカラーにかかる黒髪が見えた。

少しでも体の震えを止められたら、エリーはダニエル・サッカリーがとても魅力的な男だということをじっくり味わえたかもしれなかった。ところが、歯がかちかち鳴らないようにするのに全精力を使っているため、彼がそこにいるということしか意識できない。早く消えてもらいたいのに。

ましてやここに探しに来たものが目に入った今は、何とか出ていってもらいたかった。目当てのものは男のブリーフケースだった。ベッドサイド・テーブルの横にきちんと立ててある。エリーの望みはただ、その中をちらりと見ることだ。自分が疑っていることが事実かどうか知るためだった。

ベスはベスで、まったく違う理由でダニエル・サッカリーがここに何をしに来たのかを知りたがっていた。彼女の理由は個人的な感情の絡んだもので、だからこそエリーはベスを来させるのはまずいと思った。こんなはめになった今、エリーはベスが来たのでなくて本当によかったと思っていた。妹だったら、おそらく事情を明かしてしまうだろう。そうしたら、いったいどうなることか！　きっと……。

「ハロー、アンジェラ」サッカリーはベッドの頭板にもたれ、はずみをつけて両脚をベッドにのせた。

靴をはいたままなのがエリーに見えた。まったく、他人の物には何の配慮も払わない人間がいるものだ。いくらここがホテルだからといって……。

「そうだ、もちろん、ぼくはイギリスに帰ってきている」冷淡な言い方だ。「結婚式が来週なのはよくわかっている。招待状をくれる必要はない」声とともに表情もこわばった。「式の時間も場所もちゃんと心得ているつもりだ、ぜひとも出席すべき人間としてね。アンジェラ、きみはいつもの手際で万事を手配して、ぼくが時間どおりにきみの横に現れるのを信じてくれ」

この人は来週、結婚するのだ！　エリーはぎょっとした目で寝室のドアを見た。向こうの部屋では恋人が夕食に連れていってもらうのを待っているというのに。しかも、食事のあとは何が起きるのやら……。彼はここでフィアンセと来週の結婚式の話をしている！

それに、あまり熱のない口ぶりだ。

だからといってエリーはそれほど驚いたわけではなかった。すでに彼女がその男について感じていたことと今の彼の態度はぴったり合う。こういう男は大嫌いだった。

「オーケー、わかった」彼は重いため息をついた。「それに、すまないとは思っている。ぼくみたいな態度をとっても、だれにも何のためにもならないのは認めるさ。うん、ぼくも愛しているよ、アンジェラ。気をつけて。じゃあ、来週」男は受話器を置くと、頭の後ろで手を重ね、目を細めた。謎《なぞ》めいた表情を浮かべ、見るからに深く物思いにふけっている。だが、やがて突然、彼は続けざまに二度くしゃみをして体を起こし、いらいらした顔に変わった。

エリーはたった今聞いた話が信じられなかった。ダニエル・サッカリーは来週の結婚式までフィアンセに会いに行こうともしないのだ。いったいどういうこと……？

男はゆっくりと立ち上がったが、エリーにはやはり彼のウエストまでしか見えなかった。彼はそこに立ったままで、出ていこうとしない。どうしてじっとしているのかしら？　早く寝室から出ていってもらいたい。スイートからも、ホテルそのものからも、いなくなってもらいたい！

やっと男が動くのが見えて、エリーはほっとため息をついた。ところが、それはすぐにとまどいに変わった。彼がブリーフケースを手にしてドアの方に向かうのが見えたのだ。

つまり、ここに忍びこんだときにブリーフケースが目につかなかったのは、彼が持っていたからに違いない。そして、今また彼は持って出ようとしている。いまいましいったら！

男は部屋の真ん中で立ち止まり、少し向きを変えて戸棚の方に一歩踏みだした。エリーはふたたび息をつめた。ああ、神様、やめて。やはり、きっと着替えたときにスーツに何か忘れたのだ。彼は今にも戸棚を開けてわたしを見つけるだろう。そうなったら、どんなひどい騒ぎが始まることか！

「ダーリン？」寝室のドアがノックされ、女性の声が聞こえた。「そろそろ行かないと、すごく遅くなっちゃうわ」

「すぐ行くよ」

男がすぐそばにいるので、エリーは戸棚の扉の隙間を通して彼の息のぬくもりが感じ取れそうな気さえした。今は彼の手が見える。爪を短く切ったすらりとした長い手が扉の方に伸びている。ああ、大変、開けるつもりなんだわ！

どうしよう？　彼に何と言おう？　そもそも何か言ったりしたりする必要が起きるかしら？　わたしを一目見て、彼がホテルの責任者を呼ぶという可能性もある。そして、わたしこそ、その責任者なのだ！

彼が警察を呼んだら、わたしにできる釈明はただひとつ、この人のブリーフケースの中を、プライベートな内密の書類を見たかったと言うしかない。

その男はダニエル・サッカリー、世界的に知られた事業家だった。警察が、あるいはサッカリー本人も、エリーが見たいのは彼女とベスにかかわりのある書類だけだということを信じてくれるとは思えなかった。しかも、そういう書類があるとしての話だ。あるという確信はまったくない。

二、三日前にダニエル・サッカリーの秘書が電話をかけてきて、彼のために滞在期間を決めずにスイートを予約したとき、パニックを起こしたのはベスだった。彼が仕事をすませるのにどれくらいかかるかわからないのでと秘書は言った。そして、ベスは、その仕事の一部はこのホテルを手に入れることだとすっかり思いこんだのだ！

ベスは、一年あまり前にジェイムズと結婚したときにダニエル・サッカリーと会ったことがある。サッカリーは学校時代からのジェイムズの友だちだった。ホテルの広間で開いた披露パーティーで彼と交わした会話をベスは覚えていた。彼は、こちらのホテルの効率的な運営にとても感心している、自分でもホテル・ビジネスに乗りだしたいと思っていると言ったのだ。そして、実は今、増築のための資金繰りに背伸びしすぎ、早く手を打たないとホテルを失う恐れがあるのがわかっていて、ベスは、機を見るに敏に違いないダニエル・サッカリーが乗っ取りにやってきたと思いこんでいるのだ。

エリーとしては、ベスの説にあまり説得力があるとは思えなかった。客室数七十のこぢんまりしたホテルが、ダニエル・サッカリーが参入したがるような業種に入っているとは思えない。でも、ホテル経営は彼がまだ知らない分野だからというベスの言い分は別にしても、ジェイムズとベスが一月前に別居し、ジェイムズが彼女たちの資金繰りの深刻さを知っているという事実がある。彼は友だちのダニエルに情報をもらしたかもしれない。さらに、ベスにはほかの心配もあった。ジェイムズが離婚訴訟を起こすかもしれない、サッカリーはそれについて何か知っているかもしれないということだ。

結局エリーは、自分がサッカリーの部屋に行って、少なくとも一通りは調べたというところをベスに見せるほかはないと感じた。自分がそうしなければベスがするとわかっていたからだ。ジェイムズと離れてからのベスの精神状態を考えれば、それは明らかにうまくない。ふたりの行き違いを解決する望みはまだあると思うので、ベスがジェイムズの友だちの身辺を探っているところをつかまえられ、火に油を注ぐ結果になるようなことはさせたくなかった。

それにしても、ダニエル・サッカリーがどこへでもブリーフケースを持ってまわるのは変だ。彼がホテルを乗っ取ろうとしているというベスの考えは、結局それほどのこじつけではないのかもしれない。でも、今の財政状態につけこんでこのホテルに手を出せると思うなら、彼は自分から争いを招くことになる。ホテルはわたしの生命なのだから。

そして、サッカリーのすらりとした手はもう衣装戸棚の扉にかかっていた。開けるつもりなのだ。ぶざまにうずくまっているわたしを見つけて……。

そのとき、彼はまた、くしゃみに襲われた。もう一度。さらにもう一度。さっき受付でもくしゃみをしていた。たぶん、風邪をひいているのだろう。それはどうでもいいけれど、くしゃみで彼の気がそらされたのはありがたい。サッカリーが鏡台のところに行ってティッシュ・ペーパーを取るのがドアの隙間から見えた。

彼はくしゃみをし続けたまま寝室のドアを開けた。絹のストッキングに包まれたすらりと長い脚が男の脚と戸口に並んだ。

「風邪をひいたの？」女性が心配そうにきいた。

「そうじゃないと思う」

「花粉症にはちょっと時期が遅いわよ」彼女はハスキーな声でからかった。「わたしにアレルギーを起こしているんじゃないといいけどね、ダーリン」ふざけてすねてみせる感じが声に聞き取れた。

「それはたしかに違うよ」男はきっぱりと答えた。「さあ、食事に行こう。ふたりで過ごす夜をもうずいぶんむだにしてしまった」

女性のかすれた笑い声が廊下を遠のいていった。エリーは、ふたりがエレベーターで下りていくまで戸棚から出るのを十分に待った。

衣装戸棚に隠れるなんて、ぶざまったらないわ！　やっとよろめくように外に出ると、彼女はげんなりした気持でそう思い、いらいらした手つきで髪を後ろに払った。火のように赤くふさふさとした髪は肩までまっすぐ伸び、前髪は、きらきらするエメラルド・グリーンの目の上でばっさりと切り揃《そろ》えられている。戸棚の中でちぢこまっていたあと、百七十センチを超える体を伸ばせるのはいい気持だった。

今となっては、すべてがひどくばかばかしく思えた。ベスがばかなことをするのを止めるだけのためにここに来たのに、もう少しでその自分が完璧《かんぺき》にばかなまねをするところだった！

それにしても、ダニエル・サッカリーがこのホテルに来た理由が何であれ、自分の罪になるような証拠を部屋に残すなどということは考えられない。それに、たとえ彼がブリーフケースをここに置いていったとしても、中を見たりしたら犯罪になる。ちゃんとした理由もなくこの部屋にいるだけでもよくないのに、人の持ち物をのぞくなんてとんでもないことだわ！

それでも、せっかくここにいるからには、ベッドを整えるのも悪くない、とエリーは思った。メイドのドリスには、ほかの用事で部屋に行ったついでにベッドメーキングをすませたと言えばいい。

大きなダブルベッドにかけたキルトと上のシーツの端を折り返しながら、エリーは、反対側も折る必要があるかしらと考えた。ダニエル・サッカリーが夜をひとりで過ごすとは思えない。フィアンセと電話で話したあと恋人と食事に行った彼の態度を思うと、怒りがよみがえってきた。節操のない男だわ！

そうなると、ベスの想像は正しいのではないかという気もしてきた。サッカリーが私生活でモラルを欠いているとしたら、ビジネスの場ではきっとその倍もひどいにきまっている……？　彼が何かの思惑をもってここに来たという可能性を認めよう。そして、それが何なのか探りだしてみせる！


「何も見つからなかったのね――つまり、ジェイムズが離婚のことであの人をここに送りこんだと思えるようなことは？」ベスは顔をしかめて言った。

妹のベスは、見た目はまったくエリーに似ていない。彼女は母親の血を引き、小柄で顔立ちはか弱げで、ブロンドの髪を短くしている。エリーは子どものころから、背の高い赤毛の父親似だった。

「言ったでしょう」エリーはいらいらして答えた。ふたりはホテルの裏側にある自分たちの居間に座っていた。「何も見なかったわ、もともとダニエル・サッカリーがだれかに〝送りこまれる〟ような人だとは信じられないけど」あのいかにも傲慢な顔を思い浮かべれば、彼がだれの指図も受けない人間なのは直感でわかる。「だれに言われたって！」気持をこめてつけ加えた。「それに、ジェイムズが出ていってから、まだ一月もたっていないのよ。彼がもう離婚を考えているはずはないわ」ベスの納得しない顔を見て、エリーは眉をひそめた。「あなたは本当にあの人がそんなことでここに来たと思うの？　ホテルを狙《ねら》っているのかもしれないとか、あなた、言ってたじゃないの」

「あら、彼はたしかにホテルの買収には関心を持っているわよ」ベスはそっけなく手を振った。その手にはまだエンゲージ・リングとウェディング・リングがはめられている。

「わたしはただ、あの人の部屋にこのホテルの資料が何かあったら、彼が最近ジェイムズと話をしたに違いないことがわかると思っただけよ。それに……」

「やっとわかってきたわ」エリーはうんざりした調子でさえぎった。

この時間は、晩の忙しくないひとときなので、ふたりは短い休憩を取ることができる。夕食が出され、バーも開かれていて、ほとんどのお客はダイニング・ルームかバーのどちらかにいるか、そうでなければ外で夜を過ごしに出かけている。ダニエル・サッカリーと連れの女性はダイニング・ルームにいた。

「ベス、ジェイムズはあなたと離婚しないわよ、彼はあなたを愛しているわ」エリーはきっぱりと言った。どんな問題があるにせよ、一時的なものに違いない。ふたりは一目ぼれして結婚し、この一年、ほとんどずっと幸せに暮らしてきたのだ。「もし、あの人がこの一月ぐらいの間にジェイムズに会ったかもしれないと本当に思うなら、どうして直接きいてみないの？　あなたはあの人を知っているんでしょう？」

「知っているとまでは言えないわ。一度、一年前の結婚式のときに会っただけですもの。

彼はすごく忙しい人だから、ジェイムズだってたまにしか会わないのよ。結婚式以来、ジェイムズもわたしも会ってないし。お姉さんがきいてくれたらいいのに」ベスは眉根を寄せ、下唇を噛《か》んだ。「お姉さんはいつでもわたしよりずっと積極的だし、それに……」

「わたしは彼をまったく知らないからでしょ！」エリーはずばりと言った。「覚えてるでしょうけど、わたしは結婚式に出られなかったのよ、直前に盲腸炎の緊急手術で病院にかつぎこまれて……」

「わたしは式をキャンセルしようって言ったのよ」

「ベス、わたしは文句を言ってるんじゃないのよ。結婚式みたいな大事なことを身内のひとりが出られないからってキャンセルするものじゃないわ。わたし自身が、予定どおりに式を挙げるのが当然だってジェイムズを説得したんだから」エリーはため息をついて言った。

「彼は耳を貸すべきじゃなかったのにね」

「ベス、結婚式にだれが出たか出なかったかなんてどうでもいいじゃないの。あなたたちに離婚話が起きそうな今になって……。あら、どうしましょう、ごめんなさい」エリーは青ざめた妹の顔を見てたちまち後悔した。わたしときたら昔から、まずいときにまずいことを口走るという不気味な才能がある！

同じようにずばりとものを言う母親によれば、エリーが二十七歳でまだ結婚していない原因はそこだという。彼女に恋をするまでの間、その毒舌をものともせずに耐えられるほどたくましい男性なんかいないというわけだ。

「とにかく……」エリーは前よりおだやかに続けた。「わたしたちは両方の面からダニエル・サッカリーを警戒しなくちゃね。だけど、わたしだって、ただ彼のそばに行って、何をしに来たんですかなんてずけずけときくわけにはいかないわよ！」彼女は眉根に深いしわを寄せた。

ベスの顔が明るくなった。「いいじゃない。それがお姉さんのふだんのやり方じゃないの」

だが、エリーには、サッカリーは自分がふだん会うタイプの男ではないとわかっていた。彼は即座に背を向けて、人のことに首を突っこむなと言うにきまっている。それに、彼がここに来た理由にわたしたちが関心を持っていると気づいたら、彼のほうも用心するようになるだろう。

「ねえ、いいことを思いついたわ。わたしたちがどうするべきか、わたしの考えていることがわかる？　わたしたちじゃなく、あなたのするべきことだわ」エリーはわざわざ言い直し、勝ち誇った調子で続けた。「あの人を夕食に招待するのよ。招くのはあなたじゃなくちゃだめ、わたしは彼を知らないんだから」ベスが逆らいそうなのを察して、エリーは説き伏せるように言った。「あの人はあなたたちの結婚式に出たし、ジェイムズの友だちなのに、あなたはまだ彼に挨拶《あいさつ》もしていないんでしょう」妹がますます困った顔をするのを見て、彼女は急いで続けた。「あなたがあの人を招待するのはごく自然だけど、わたしが誘ったらすごく変よ！」

ベスはまだ納得しない顔をしていた。「あの人、そんなに長くはいないんじゃないかしら……」

「じゃあ、あしたの晩にしたら」エリーはじりじりしてさえぎると、立ち上がって、ひざ上ちょうどの黒のスカートをなでつけた。「受付を交替しなくちゃならないから、考えておいて。でも、少なくともあの人がジェイムズに会ったかどうか本当に知りたいなら、夕食に招くのがいちばんの方法だと思うわよ」

最後のことばは反則すれすれだったかもしれないが、サッカリーがここに来た動機を探りたければ、だれかが一歩踏みださなくてはならない。

夜のその時間には受付は静かだった。エリーはその間に、ホテルを経営しているかぎりけっして終わりそうにない書類仕事をいくらか片づけた。

そのホテルは、前はエリーの両親が経営していた。ところが、二年前に父が軽い心臓発作を起こし、しばらく静養するように言われた。母はそのチャンスをとらえて父をさっさとスペインに連れていき、早めに引退してそこで暮らすことにした。両親はベスとエリーに均等にホテルを譲ったが、あとを継いで以来、エリーはなぜ両親にとってホテルがそれほどの負担だったのかよくわかるようになった。二十四時間休みなしの仕事で、ほかのことをする時間はほんの少ししかないのだ。

「こんばんは、エリー」ハスキーな男性の声が呼びかけた。「あなたがここから抜けだすことってあるのかな？」

あまりにもエリー自身の気持をそっくりこだましたようなことばだったので、彼女はいつもの明るい微笑を浮かべられないまま顔を上げた。シェフのピーターがレセプション・デスクの前に立っていた。

レストランは泊まり客だけではなく外のお客も受け入れていて、ホテルの中で利益の上がる部門のひとつだった。それも当然で、ピーターは、エリーがそれまでに出会ったことがないほどの腕のいいシェフで、半年前に調理場を預かって以来、遠くからもレストランに客を集めている。彼を見つけたのは幸運で、エリーは毎日のようにそのことをありがたく思っていた。ピーターの腕がなかったら、ホテルは今よりさらに惨憺《さんたん》たる経営状態になっていただろう。

「好きなだけ出かけるわけにはいかないわ」エリーはデスクにほお杖《づえ》をついて、ちょっと物ほしそうに答えた。ピーターは、彼女がハイヒールをはいていても見上げられる数少ない男性のひとりだった。百八十センチあまりの背丈があり、三十代後半のハンサムな男だ。

彼は頭を振りながら言った。「ぼくと出かけるのを承知してくれればいいのに。勤務表を見たら、あしたの晩はあなたも休みだし……」

ピーターの言うとおり、エリーはすでに何度も彼に誘われていた。ブロンドでルックスのいい彼に魅力を感じないわけではない。むしろ、とても魅力的だと思っている。ただ、毎日のように一緒に働いている相手とデートをするのはあまりいい考えとは思えない。うまくいかなかったら、だれにとっても気まずい結果になるだろう。それに、あしたの晩はベスと一緒にダニエル・サッカリーと食事をすることになるだろうし。

「あしたの晩はもう約束があるの。ごめんなさい」

ピーターは渋い顔をしたが、すぐに立ち去ろうとはしなかった。その晩の勤務時間はもう終わったし、レストランももうじき閉店で、コーヒーを飲んでねばっている客が何人か残っているだけだ。「また運に見放されたか。幸運な男はだれ？」

その男はまだ自分が当の本人だとは知らないし、知っても自分を幸運だと思うかどうかは疑わしい。ジェイムズの妻への礼儀として招待を断りはしないだろうけれど。「あなたの知らない人よ」エリーは肩をすくめて突き放すように言った。

「へえ！」ピーターは興味津々の顔をし、共犯者めいた態度でデスクに体を乗りだした。「秘密の恋人かい？」茶色の目がいたずらっぽくきらりとした。

「まさか！」エリーはくすっと笑った。「恋人なんか持つひまはないわよ、秘密だろうと何だろうと」

「ぼくに何か伝言は届いてないか？」冷たくとげとげしい声が割りこんだ。

人が近づく気配に気づいてはいなかったが、エリーにはその声の主がわかりすぎるほどはっきりわかった。さっきその男がフィアンセや恋人に話しかけるのを聞いたばかりなのだから。ちょっと人をばかにした彼の表情を見れば、恋人がどうのという、間の悪いことばを聞かれてしまったに違いない。

エリーはばつの悪さを懸命に隠して棚を調べた。「何もございません、ミスター・サッカリー」職業的な笑みを浮かべて答えながら、少し離れたところにすらりとした脚の長い女性が立っているのに気がついた。おそらく例のダーリンだ。

男はそっけなくうなずき、なじるような顔でピーターをちらりと見た。「何かあったらバーに……」彼は急にくしゃみに襲われてことばを切った。「まったくもう！」青い炎のように目をぎらぎらさせ、憤然として言った。

エリーは礼儀正しい平静な微笑を浮かべ続けて言った。「お風邪をひきかけていらっしゃるようですね。よろしかったら、こちらに何か薬が……」

「風邪じゃない。電話がかかったら、ぼくはバーにいるから」サッカリーは荒々しくさえぎって背を向け、バーの入口で待っているブロンドの女性の方に歩み去った。

もし、フィアンセからまた電話があったらということだわ、とエリーは不機嫌に考えた。アンジェラというフィアンセが電話をかけてきたら、サッカリーがどこにいるかはっきり言うつもりだ。もちろん、だれと一緒か言う気はないけれど、バーにいることについて釈明するのは彼の仕事だ。

「あのお客は知ってるような気がするな」ピーターがいぶかしそうに目を細めてサッカリーを見送りながら、ゆっくりと言った。ピーターはホテルのスタッフなのだから、客の身元を教えても問題はない。それに、サッカリーの部屋にもぐりこんだあとで、客のプライバシーについてえらそうなことが言える立場ではなかった。

「あの人はダニエル・サッカリーよ」エリーはたんたんと言った。

「あのダニエル・サッカリー？」サッカリーは大成功をおさめたビジネスマンとして世界的に知られていて、各国の首都にある彼のレストランには上流の客が足しげく訪れる。だから、〝あの〟なのだ。

「そうよ」

「なるほど」ピーターは軽く口笛を吹いた。「彼みたいな男が、こんな眠ったような小さな町で何をしたいのかな？」

まったくだ。エリーも知りたいところだ。「たぶん、人に気づかれたくないのよ、連れの女性がそれなりの人だとしたらだけど」エリーは、あの女性には感心しないというように顔をしかめた。

ピーターは眉を上げた。「ぼくには彼女はかなりの美人に見えるけどね」

もちろん、あのブロンドの女性は見た目には文句なくすばらしい――小柄で砂時計のような体つき、すらりとした脚、顔は若々しくてきれいだ。だが、一緒にいる男性が来週には結婚するということを忘れてはいけない。それに、彼女がアンジェラの存在をよく知っているということも！

「あのふたりは結婚していないのよ」意地悪な口調になった言い訳として、エリーはそう言うしかなかった。サッカリーの部屋に忍びこんでいた間に、彼にフィアンセがいることを聞いたなどと認めるわけにはいかない。

ピーターはにやりと笑ってウィンクしてみせた。「ミスター・アンド・ミセス・スミスってサインしたわけ？」

エリーも笑わずにいられなかった。「悪いけど、あの人にはどこかわたしをむっとさせるところがあるの」大いに控えめなことばだった。

「それは、あの男についてのふつうの女性の意見とは違うね――新聞によればだけど」

「まあね、わたしはふだん彼のまわりにいるタイプの女性じゃないから」とげとげしい声に戻り、グリーンの瞳がきらりとした。「とにかく、彼は小柄なブロンドがお好みのようですもの」

「ぼくは背の高い赤毛のほうがいいけどな」ピーターはほれぼれした目でエリーを見た。

「でも、あなたはあしたの夕食には来てくれないんだね？」サッカリーのことはもうけろりと忘れて、彼は残念そうに続けた。「ぼくのアパートに来てもらえたら、あなたのために料理もするのに」

　ピーターの料理の誘惑に抵抗できる女性はなかなかいない。でも、あしたの晩にはそれよりも重要なことがあるのだ。

「本当にごめんなさいね。あしたの晩はどうしても忙しいのよ」

「引き下がるタイミングは心得てるよ。あしたは楽しんでください、何をするのか知らないけど」ピーターは肩をすくめ、猫が待っているからと言って帰っていった。

　エリーは笑いながら頭を振った。ピーターは実にぬけぬけとした男だ。それでも、好きだし、彼の調子のいい軽口は気分転換になる。あしたは残念だ。もし、サッカリーとのことがなかったら、ピーターの誘いを受けてもいいところなのに。

「あしたの朝早くモーニング・コールを頼む」いやでも耳に慣れた荒々しい声がまた聞こえた。

　ゆっくりと向きを変えると、デスクの向こうからサッカリーがにらんでいた。二、三分前にバーに行ったばかりなのに……？

「モーニング・コールだ」エリーが話をのみこみかねてまばたきしながら見上げると、男はいらだって繰り返した。「それくらいはなんとかできるか？」

　ばかにした言い方をされて、エリーはほおに血が上り、負けずに失礼な返事をしないために唇を噛みしめた。「もちろん、できます」こわばった声になった。

サッカリーはうなずいた。「七時半に。それからコーヒーも」手短に言い、また、くしゃみをした。

エリーは自動的にモーニング・コールの時間とコーヒーの注文を書きとめた。

「コーヒーはひとり分だ」彼はエリーの手元を見て正し、彼女が鋭い目を向けると、あざ笑うように唇をねじ曲げた。「連れはもう帰った」エリーが反射的にサッカリーの後ろに目を走らせるのを見て、彼はそっけなく説明した。

エリーは、内心の考えをありありと見せてしまったことで自分をけとばしたい思いだった。例のダーリンはサッカリーの部屋で夜を過ごすのだと思いこんでいたのだ。わかっているぞと言わんばかりの彼の目つきがとてもいやだった。「ぼくはあのスイートをひとり用として取った。つまりぼくひとりのためだ」彼はまたしてもくしゃみをした。

エリーは砕け散った気力をかき集めて、むりやりに自分をふるいたたせ、あざけるような男の視線を冷静な目で受け止めた。「あのスイートは、お部屋全体として予約をお受けしております、ミスター・サッカリー」冷ややかに言った。「お客様の人数は関係ございません」

「本当か?」黒い眉が上がった。「それなら……」サッカリーはデスクに体を乗りだし、声をひそめた。「きみが来たらどうだ?」そして、エリーがぎょっとして目を見開くのを見て軽い口調で続けた。「ナイトキャップでもどうかな？」

最初は例のブロンド。次はフィアンセ。またブロンド。そして、今度はわたし。女性に関するかぎりこの人は本当に忙しい夜を送っている。フィアンセもブロンドの女性もいない今、わたしを……？

エリーはうわべだけのにこやかな笑みを浮かべてサッカリーを見上げた。「お客様はたちの悪い風邪をひいていらっしゃるようですわ」感情のこもらない丁重な声を保とうと努めた。「お薬かホット・ウィスキーをお飲みになってベッドにお入りになるのが、みんなのためによろしいかと思いますわ――女性と一緒にではなくて！」彼女は挑むようにサッカリーと視線を合わせた。まったく、信じられないほど厚かましい男だ。

エリーに断られてもサッカリーは少しも動じた顔をしなかった。「さっきも言ったが、ぼくは風邪をひいているんじゃない」まるでそのことばが間違っているのを証明するかのように、またまた彼はくしゃみをし、それがおさまると、とげとげしく続けた。「だが、もし、きみがナイトキャップを飲みにぼくの部屋に来ることにしたら、香水は落としてくるようにすすめる。ぼくはサファイアという香水のアレルギーなんだ。わかっただろう、エリー……」彼はエリーの名札を見て名前を呼んだ。「サファイアのせいでくしゃみが出るんだ」

エリーは口を開いた。ついで閉じ、また開いた。だが、声はまったく出なかった。

今日の午後、宿泊手続きをしたとき、サッカリーはくしゃみをした。そして、さっきスイートでも何度もくしゃみをしていた。わたしが香水のサファイアをつけて衣装戸棚に隠れていたからだ！　戸棚のすぐ前に立っていたときはいっそうひどかった。わたしが中にいるのがわかったかしら？　今はわかっているのかしら？

沈黙が続くうちにサッカリーは突き放すように肩をすくめて言った。「まだしばらくはベッドに入るつもりはない。だから、もし、きみの気が変わってちょっと飲もうかと思ったら来てくれ。ただ、話をする気になったらでもいい。だが、香水を洗い落としてくるのは忘れないでもらいたいね」

エレベーターの方にぶらぶらと歩いていく男をエリーはじっと見送った。自分の顔から血が引いているのがわかる。ぎょっとしたあまり、エレベーターに乗りこんだ男が向きを変えて軽く手を上げたときにも、身動きひとつできなかった。

あの人は、さっきわたしが彼の寝室にいたのを本当に知っていたのかしら？　今は知っているのかしら？

2

「困っちゃうわ、ピーターが休みだなんて」ベスは眉を寄せ、アボカドの実をくずさずに芯《しん》をはずそうと苦労していた。「ダニエル・サッカリーを丸めこんで話を聞きだすには、ピーターの腕前がほしかったのにね」やっと飛びだした芯が床に転がり、彼女は顔をしかめた。

サッカリーがベスの招きに応じたと聞いて、エリーは慌てふためいた。ゆうべ別れ際に彼に言われたことを考えると、二度と顔を合わせたくない気分だった。サッカリーは、確信はないにしても、少なくともゆうべわたしが彼の部屋に入ったのではないかと疑っているには違いない。そうでなければ、香水のことを口にしたり、わたしと話をしようと言ったりするはずがない。

ゆうべショックから立ち直ったとき、直感的にエリーの頭に浮かんだのは、彼の部屋に行って知らん顔で押し通そう――少なくとも彼が何を知っているのかを探りだそうという考えだった。しかし、すぐに良識が勝ち、気がついた。サッカリーに近づけば彼の術中にはまることになる。近寄らなければ、ばつの悪い質問をされることもないのだ。

ところが、彼を夕食に招くアイディアについては気が変わったとベスに話す間がないうちに、ベスのほうから話がついたと言われてしまったのだ。

「あの人はゆうべここで食事をしたから、ピーターの料理がどんなにすばらしいか、もう知っているものね」エリーは困りはてた声で言った。

「ふたりがかりでがんばっても、とてもピーターのようにはできないわ」ベスもうなるような声を出した。

エリーは肩をすくめた。「ワインをたくさん飲ませるのね。それで機嫌がよくなるわよ。とにかく、わたしは今晩は受付の代わりをしなくちゃならないから、お食事はあなたがひとりで相手をするのよ」ひそかににんまりして言った。ふたりのスタッフから病欠するという電話を受けていたことで、こんなにほっとしたなんて初めてだ。ひとりは夜の受付係だったのだ。ダニエル・サッカリーがここに来た理由が何だろうと、何時間も彼と一緒にいて礼儀正しく相手をするなんてまっぴらだ。

彼が何のために来たのかエリーはもう気にしなかった。わたしたちにホテルを売る気がなければ、彼は買えないのだから。それに、わたしが夕食の席にいなくたって、ベスがサッカリーに最近ジェイムズに会ったかどうかきくのに何もさしつかえはない。

「十時までは受付に行かなくていいのよ」ベスは抗議した。「先にわたしたちと食事をする時間はたっぷりあるじゃないの」

「それはそうだけど」エリーはしぶしぶ認めた。「でも、バーのほうでも、ひとり休んでいるから……」

「そっちはドリスに行ってもらうのね。彼女は前にも手伝ったことがあるからだいじょうぶよ。ベッドメーキングはわたしたちふたりでできるわ。そんなにお客様が多くないから、長くはかからないわよ」

エリーとベスはこのホテルで育ち、両親の仕事ぶりを長年見てきて、スタッフの配置だの何だのというさまざまな問題をどうさばくかは心得ていた。今ベスが言った解決策は文句なく正しい。問題はエリーが夕食の席にいたくないというだけの話なのだ。

彼女はサッカリーがホテルを出るまで、もう顔を合わせたくなかった。前の晩自分がどこにいたか知られているのではという落ち着かない気分が続いている。それに、知っていれば、あの男がちくりと一言、言わずにすませるとは思えない。

「エリー、えびの殻を早くむいてしまって」ベスがいらいらした声でエリーの物思いに割りこんだ。「もうすぐ七時よ。わたしたちでベッドメーキングをするなら……」

つまり、ベスとサッカリーの夕食から逃れる理由はもうないということだ。まったく何てことかしら。でも、サッカリーと同席するのをいやがっているとベスに感づかれずにほかの口実を考えつくのはむりだ。衣装戸棚の件は別にしても、あの人にはどこか歯が浮くような不愉快な感じがある。

ベスは三階のベッドを整えると言い、エリーが二階を引き受けることになった。このところのつきのなさを思えば驚くこともないが、サッカリーのスイートは二階にあるのだ。

エリーは彼と鉢合わせしたりしないようにできるかぎりの用心をした。まず部屋に電話をかけてみたが、返事はなかった。ドアを大きくノックしても同じだった。よかった、彼はまだ外出しているのだ。でも、そろそろ七時半だから、八時の夕食に来るつもりならぎりぎりの時間だ。

サッカリーは明らかにだらしのない人間ではなかった。きちんとした室内を見まわすと、お客がいるのかいないのかわからないほどで、個人的な持ち物はどこにも置かれていない。できるだけ手早く仕事をすませて逃げだそう、とエリーは思った。ここにいる間にダニエル・サッカリーが戻ってくるのは何よりも困る！

シーツをはずし始めたかどうかというときに、後ろでドアの開く音が聞こえた。エリーは後ろめたい気持を浮かべた顔でさっとふり向いた。今晩は何も後ろめたく思うことなんかないのに……。

開いたのは寝室のドアではなく、バスルームのドアだった。ダニエル・サッカリーはバスかシャワーに入っていたに違いない。髪がまだ湿っていて……体には何ひとつつけていなかった！

エリーは息がつまり、ただ彼を見つめるばかりだった。彼は……わたしは……わたしたちは……。ああ、神様！

サッカリーもその場に根が生えたように立ちつくし、エリーに負けず劣らずおもしろくない顔をした。整った顔立ちがとげとげしいしかめ面でゆがんだ。「また、きみか！」うんざりした声だ。

エリーはショックのあまり、〝また〟ということばに反応できず、サッカリーが裸なのに気がついたあとは視線を彼の険しい顔に釘《くぎ》づけにしていた。もっとあとになれば、なめらかに筋肉のついた体の線や、浅黒く日焼けした肌や黒に近い胸毛を思い起こす余裕もできるかもしれない。でも、さしあたりは事情を説明して、早く出ていかなくては。

「入る前にお電話しましたし、ノックもしました」エリーは息もつかずに急いで言った。「お返事がなかったもので……」

「シャワーを浴びていたんだ」サッカリーはわかりきったことをそっけなく言い、裸の体を隠そうともしなかった。「だけど、きみを誘ったのはゆうべだ。今夜じゃない！」

彼のことばがのみこめるにつれて、エリーの顔が赤く染まった。「メイドがベッドメーキングをするはずだったのが……」

「じゃあ、なぜ彼女がしない？」鋭いブルーの目の上の黒い眉がつり上がった。

どうしてこの人は何か着ないのかしら。裸をまったく気にする気配もなく突っ立っているなんて。彼は女性の前で裸でいるのに慣れているのかもしれないけれど、こちらは裸の男性と一緒の部屋にいる経験などないのだ。しかも、そのことに少しも動じるようすもない男性と！

「今晩はわたしがメイドの代わりをしているからです」エリーは嚙《か》みつくように言った。「メイドはバーにいます。人手が足りないもので。それに……」

「気にするな、エリー」サッカリーはげんなりした声でさえぎった。「事情はわかった。きみは……」ベッドサイド・テーブルの電話が鳴り、彼は顔をしかめてことばを切った。「まったく、交差点の真ん中で立ち往生したみたいなものだ。きみが電話に出てくれ。その間にぼくは何か着るから」いらいらした口調だった。

とにかくサッカリーがやっと服を着るとわかって、エリーはほっとした。でも、電話に出ろだなんて、わたしは彼の秘書じゃない。

「エリー、出てくれ」サッカリーは荒々しくうながし、背を向けて戸棚を開けた。

エリーは受話器を取り上げ、サッカリーから目をそらして不機嫌に言った。「グラフトン・スイートです」彼が服を着るのを見たくなかった。そんなところを見るのはあまりに親密すぎる。この人と親密な関係になるなんて絶対にごめんだ。

「あら、いやだ」いらだった女性の声が聞こえた。「ダニエル・サッカリーの部屋をって頼んだのに、違う部屋につながったんだわ。この電話を受付に戻せます？」女性はてきぱきと言った。「それとも、かけ直さないとだめかしら？」

「ミスター・サッカリーのお部屋につながっております」エリーは、答えながら訴えるような目をダニエルに向け、彼が少なくとも黒いパンツをはいているのを見てほっとした。

でも、短い下着だけで状況が変わったわけではない。サッカリーがプールか海辺で着る程度のものは身につけたにせよ、ここはそのどちらでもない。彼の寝室にふたりきりでいるのだ。

「でも、ミスター・サッカリーは、あの、今は電話にお出になれません」彼が受話器を取ろうとせず服を探しているので、エリーは続けた。「ミスター・サッカリーは……」

「どういうこと、今は電話に出られないって？」女性は鋭くさえぎった。「いったい……？」

「ありがとう、エリー」サッカリーがやっと受話器を彼女の手から取った。「きっときみだと思ったよ、アンジェラ」彼はそっけなく話した。「ホテルのスタッフだよ。そうだ、女性のスタッフだ」エリーの方をばかにした目で見ながら言う。

「きみは実にぬかりないね、アンジェラ。いや、ぼくは何も企《たくら》んでなんかいない」彼は硬い声になり、二、三秒おいて、いらいらした調子で言った。「毎日、結婚式までのばかばかしいカウントダウンを押しつけるのはやめてもらいたいね。あと十日しかないのはよくわかっている！」

結婚式ですって……まったくもう。そうだ、この人はあと十日で結婚するんだわ。

エリーはサッカリーのそばに立ちつくし、引き締まった体から目をそらすことができずにいた。香料によらない彼自身のさわやかで男らしいにおいを意識し、感覚のすべてを通して、本当にすばらしく魅力的な男性だと感じた。ところが、この人は今、来週結婚する予定のフィアンセと話しているのだと気がつくと、たちまち魔法は消えた。ここから出ていかなくてはいけない。何としても。

「どこへ行くんだ?」エリーはすでにドアのそばまで行っていたが、サッカリーの声の調子で自分に話しかけているのだとわかった。ゆっくりふり返ると、彼は電話口を手でふさいで険しい目でこちらを見ていた。「どこへ行く?」サッカリーは抑揚なく繰り返した。「ベッドメーキングに来たんじゃなかったかな」目をきらりとさせて、からかうように言う。

エリーの目も深緑に光った。「ただの礼儀です、お電話中ですから。ベッドはご自分で整えられるでしょう」

サッカリーは挑む目つきでエリーを見た。「きみはそれで給料をもらっているんじゃないのか?」

エリーのほおが赤く染まった。この人はいったいわたしをだれだと……? ふいにわかった――彼は、わたしがこのホテルの共同のオーナーであることも、ベスの姉だということもどうやらまったく知らないのだ。おそらく、オーナーが受付にいたり、ベッドメーキングをするなどとは思いもかけないからだろう。でも、ここはささやかな家族経営のホテルで、ベスとわたしはいつも必要な役は何でも務めているのだ。

そのとき、もっと意地悪な考えがエリーの頭に浮かんだ。わたしがベスの姉だと知らないなら、彼は、このあとわたしと食事をすることにも気づいていないわけだ。

「じゃあ、あなたは、わたしが義務をはたしていないとボスにおっしゃるんでしょうね」エリーはうつむいて不満そうに言った。顔を上げたら、目に笑いが浮かんでいるのを見られてしまう。「わたしが仕事をなくしたら、夫や七人の子どもはどうなるとお思いになります?」なじるようにつけ加えた。

「きみは七人の子持ちとしては若すぎるね」信じるものかという口ぶりだ。

エリーは無邪気な目つきでサッカリーの視線をしっかりと受け止めた。「わたしは未成年で結婚したんです」

「当然そうだろうな。きみは本当に……?」

「どなたかお電話で待っていらっしゃるんじゃありませんか?」エリーはうながした。「わたしはほかの部屋にも行かなくてはなりませんので。どうぞ今後もご滞在をお楽しみになりますように」突き放すように言った。

「もちろんだ」

エリーはサッカリーの方を見向きもせずに威厳を保って部屋を出た。彼に対して今はもうそれほどの引け目を感じなくなっていた。たしかにあの人は、ゆうべわたしが部屋に入ったのではないかと疑っているかもしれない。でも、わたしは今晩もいた。だから、もし直接問いただされたら、ゆうべ彼がくしゃみをしたのは、そのときわたしが部屋にいたからではなく、いつもの香水の残り香のせいだと言い張ることができる。

しかも、わたしがここの共同経営者だということにあの人が気づいていない点では、わたしのほうに強みができた。本当のところ、夕食がとても楽しみになってきた。

それから少しあと、ハミングしながらデザートの仕上げをするエリーに、ベスは不審そうな目を向けた。「お姉さん、さっきより元気が出たみたいね」怪しんでいる声だ。

エリーは払いのけるように肩をすくめてみせた。「さっきは人手のことがちょっと心配だったのよ。だけど、すべてうまくいったから、しばらくはゆっくりできるわ。わたし、着替えに行ってもいい？」

「いいわよ」ベスはまだあやふやな目つきで姉を見ていた。「でも、今の服でどこが悪いの？」

そのとおりなのは認めるが、エリーはダニエル・サッカリーを徹底的に面くらわせたかった。精いっぱいおしゃれをしていい気分になれば、きっとうまくできると思ったのだ。

「着替えたい気分なのよ。長くはかからないわ」

お化粧直しをして、体の線にぴったりしたひざ上丈の黒のドレスに着替えるだけだ。脚はすらりとして形がよく、その朝シャンプーしたばかりの髪は肩のまわりでしなやかに揺れている。エリーはクリーム色の肌に軽いメイクアップをして、つやのある赤い口紅をつけた。全体的にはクールでエレガントな雰囲気に仕上がった。

ミスター・ダニエル・サッカリーが、未成年で結婚して子どもが七人いる受付係兼メイドをどう思うか、見ものだわ!

居間の近くまで行くと話し声が聞こえた。ベスはどうやら、サッカリーと話ができる程度には緊張がとけたらしい。わたしが入っていったら、あの男は何と思うかしら?

エリーがドアを開けると、彼は眉をひそめてふり向いた。そして、彼女に気づいたとたんにその表情はとまどいに変わった。明らかに、エリーがベスの姉だということはまだ全然わかっていない。サッカリーはゆっくりと立ち上がった。

「エリー!」ベスは少しほっとした感じだった。見た目ほど実際にはくつろいでいなかったようだ。「ダニエルが来たわ」必要もないのに言った。

かわいそうなベス、ちっとも楽しくないんだわ。でも、ふたりで力を合わせれば、きっと今夜をうまく切り抜けられる。

「まあすてき」エリーはまったく気持をこめずにぼそぼそと言った。「わたしたち、まだ紹介されていませんでしたわね」進みでて手を差しだし、にっこりして言った。「ベスの姉のエリーです。あなたはジェイムズの昔からのお友だちだそうですね」ダニエル・サッカリーの口元がこわばるのを見て、エリーは、昔からのお友だちということばのとげを彼が聞き逃さなかったのを感じた。ダニエルは多く見ても三十代の後半で、まだ少しも老いてはいないが、できるかぎり彼にショックを与え続けたかったのだ。

ダニエルはエリーが差しだした手をいささか強すぎる力で何秒間か握り、ゆっくりと放した。「きみたちは全然、姉妹らしく見えないね」不審げに細めた目でエリーを眺めまわしながらやんわりと言う。

「わたしたち、小さいころからそのことで何度も人をかついだことがあるんですよ」ベスが笑って答えた。ダニエルとふたりだけでなくなって、気が楽になったようだ。ベスは子どものころから小柄で髪はブロンド、エリーは背が高くて赤毛だった。一緒に学校に通っていたころ、ベスに〝大きいお姉さん〟がいると知って驚く子は何人もいた。

「そうに違いないね」ダニエルはエリーに目を注いだままゆっくりと言った。

ダーク・ブルーのスーツにライト・ブルーのシャツ、渋い柄のタイをきちんと締めたダニエルはとても魅力的だった。後ろになでつけられた髪はもう乾いていて、うなじで柔らかくカールしている。

「料理のようすを見てくるわ、それから最初のコースをお出しするわね」ベスは明るく言って居間から出ていった。

沈黙が広がった。エリーは、まだ自分を見続けているダニエルと挑むように目を合わせた。さっき彼にホテルの従業員だと思われたからといって、わたしが間の悪い思いをする理由は何もない。ばつが悪いのは彼のほうだ。もっとも、どんな立場に立たされても、この人が恥ずかしいと感じることなんてめったにないだろうけれど！

「ご主人と七人の子どもはどうなったんだ？」そのうちやっと、ダニエルがずばりと言った。

エリーは突き放すように肩をすくめた。「人生は無常ですわね、今日はいても明日はいなくなるんですもの！」からかうように目を光らせてうわついた口調で答えた。

「それが一家の特徴か？」

エリーは首をかしげ、軽く眉を寄せた。「失礼ですけど……？」

今度はダニエルが肩をすくめた。「きみの妹さんとジェイムズは結婚してからまだあまり長くないのに、別居しているようじゃないか」

エリーは口元をこわばらせた。「それはベスとジェイムズの問題でしょう？」もし、ダニエルがジェイムズの代理で乗りこんできたのなら、首を突っこまれるのは不愉快だとはっきり言おうと思った。

ダニエルはそっけなくうなずいた。「で、きみは受付係でもメイドでもなくて、彼女のお姉さんというわけだ」

エリーは彼の口ぶりが何だか気にくわず、鋭い目を向けた。「そうですわ、わたしはベスの姉です」

「ジェイムズからきみのことは聞いている」

エリーは眉をひそめ、ダニエルの顔からそのことばの裏の意味を読み取ろうとした。たしかに何かあると感じたからだ。だが、ダニエルは謎《なぞ》めいた表情を浮かべる名人のようだった。

「義弟《おとうと》はどうしています?」エリーは用心深く言い返した。ベスがいちばん気にしていることの答えを聞きだせるかもしれない。

「最後に会ったときはとても元気だった」ダニエルは曖昧《あいまい》に答えた。いつ会ったのかを言う気はないらしい。ベスとジェイムズがまだ別居していないころの話かもしれない。でも、直感的にそうではないという感じがした。

エリーはしばらくダニエルの目を受け止めたあと、やっと視線をはずした。「待っている間に何かお飲みになりません?」冷ややかに礼儀正しくすすめた。

「ありがとう、でも、もう妹さんがワインを注《つ》いでくれた」ダニエルはかたわらのコーヒー・テーブルに置いてあるグラスを指した。「ぼくがきみに注ごう、飲みたかったらね」からかう調子で言う。

まるで、わたしがワインを飲んで気を静める必要があるとわかっているみたいな言い方じゃないの！　でも、たぶん本当にわかっているのだ。ダニエル・サッカリーは、いつまでもまごついている男ではない。わたしがベスの姉だと知った驚きからもうちゃんと立ち直っているのだ。

「あら、あなたにそんなことをしていただくわけにはいきませんわ」甘ったるく丁重に断った。「何といっても、うちのお客様でいらっしゃいますもの」

「そのようだな」そっけなく認めた。「くしゃみが出ないところをみると、きみは今晩はサファイアをつけてないいんだね」

エリーは慎重に彼を見た。「ほかのいろいろな香水もつけますから。あなたのアレルギーのことを考えて……」内心とはまったく違うさりげない態度で肩をすくめてみせた。香水の話はしたくなかった。彼に、くしゃみをしたときのことをいろいろときかれかねない。

ダニエル・サッカリーは唇をゆがめた。「それはご親切に」

「わたしは親切にもなれるんです、ミスター・サッカリー……」

「ダニエルと呼んでくれないか」彼はちょっとからかうような目をして、あっさりさえぎった。

「わかりました」エリーはよそよそしく答え、ワイン・クーラーやグラスを置いた棚のところに行った。「わたしがお代わりをお注ぎしますわ」うまくダニエルの注意を香水からそらすことができたらいいけれど。

いったいベスは何を始めたのかしら？　料理のようすをたしかめ、準備してあるえびとアボカドをテーブルに出すだけなのに。それだけでこんなに長くかかるはずはない。

エリーがふたつのグラスにワインをなみなみと注ぐと、ダニエルは自分のをかかげて冷淡に言った。

「乾杯！　楽しい夕食のために」エリーたちが彼との食事を楽しみにしていないのをよく心得ているような口ぶりだ！　結局のところ、ベスは怯《おび》えたうさぎのように逃げだしてなかなか帰ってこないし、エリーだって歓迎する気分とは言えない。

「乾杯」彼女もぶっきらぼうに応《こた》えてダニエルとグラスを合わせたが、楽しい夕食をということばを繰り返すのはわざとやめた。

楽しい食事になるとは思えなかった。エリー自身、ダニエルと話をすると、角のあることを言ってしまうし、ベスもダニエルの前では気楽になれない。何ともすばらしい夜になりそうだ！

「座りましょうか？」エリーはひじかけ椅子に腰を下ろし、黒っぽいストッキングに包まれた長い脚を組んだ。

ダニエルは向かい側に座った。すっかりくつろいだ態度だが、エリーを見る目はまだ不審そうだった。「結婚式できみに会った覚えがないな」会ったとしたら覚えているにきまっているという口調だ。

　おそらく出会ったら本当に覚えていただろう。初めて会った瞬間から、ふたりの間にはずっと火花が飛び交っているようなありさまなのだから！「残念ですけどわたしは出られなかったんです、体の具合が悪くて」エリーは話を打ち切るように言った。

　黒い眉が上がった。「たったひとりの妹さんの結婚式にも出られないほど悪かったのか？」

　なじる調子を感じ取って、エリーは顔をしかめた。「そうです」噛みつくように言い返した。こんな男に事情を説明する気はまったくない。

「それは妹さんにとってはショックだったに違いないね」ダニエルはどうだというように
エリーの目をとらえた。「ご両親は結婚式のためにわざわざスペインから来たと聞いたけど」

「そうです」もちろん両親は結婚式に来て、その後何週間かホテルを手伝ってくれた。エリーは入院中で、ベスはハネムーンに行っていたのだから。

　ダニエルはうなずいた。「お父さんが病気になったあと、きみとベスがここを任されたんだね？」

「ええ」エリーは今度は警戒して答えた。この人はわたしたちについてせっせと下調べをしたんだわ。

「じゃあ、この二年ぐらいで、きみたちはおたがいにとても頼りにし合うようになったに違いないな」荒々しく歯ぎしりするような調子で言った。

エリーとベスは子どものころからずっと仲がよかった。エリーはダニエルが自分を責めているという気がしたが、どういうことなのかよくわからなかった。わたしがベスとジェイムズの結婚式に出ようと出まいと、この人にどういう違いがあるのかしら？　いったい何の関係があるの？

エリーは肩をすくめた。「ベスはわたしがどうして式に出られなかったかわかっています」

「そうか？」

今度はもうダニエルが公然となじっているのを感じ取って、エリーは眉間《みけん》のしわを深くした。「わたしは……」

「お食事の支度ができたわ」ベスがにこにこして戻ってきた。緊張がはりつめた中に踏みこんできたことには気がついていないらしい。

エリー自身、本当はどうなっているのかさっぱりわからなかった。何かの理由でダニエル・サッカリーはわたしにあからさまに挑戦しているようだ。そして、それはわたしが彼の部屋にいたこととは何の関係もない。

それなら、いったいどういうことなのかしら？

3

「なんてひどい夜！」ベスはひじかけ椅子にどさりと座り、両手で顔を覆ってうなった。

ひどいというのは少し大げさだとエリーは思った。でも、たしかにもっとましな夜を過ごしたことは何度もある。丁重で愛想がいい一方、心を開く気はまったくないと感じさせる男との一晩に耐えるよりは、大嫌いな歯医者に行くほうが、たぶんまだましだ！

エリーもベスもジェイムズの話題を持ちだした。だが、ダニエルがふたりの学校時代や一緒に仕事をしていたころのエピソードを話しだすと、形勢はすぐに逆転した。いくつかの話はとてもおもしろかったが、エリーたちが知りたいことは聞けなかった。

さらに、ホテル・ビジネスに参入したいのかどうかという点については、ダニエルはいっそう口が固くなった。そして、逆にエリーたちのホテル経営の経験談をきいて、彼自身のことから話をそらした。じきに、エリーはますますわけがわからなくなった。ダニエルが、このホテル自体について知ろうとするよりも、ここで起きたこっけいなできごとをおもしろがって聞いているのがはっきりしてきたからだ。もし、彼が、ジェイムズのためにせよ彼自身のためにせよ、本当はここの現状を知るために来ているのなら、何ともみごとなとぼけぶりだ。

いずれにしてもダニエルがとぼけるのは当然だ。将来の計画やアイディアについて人にありありと読み取られるようでは、ダニエル・サッカリーがビジネスマンとして今日のような成功をおさめているはずがない。

エリーはコーヒー・カップをベスに渡しながら言った。「大成功じゃなかったのは認めるけど、完璧《かんぺき》な失敗でもなかったわよ」

ベスは憤然とした顔でエリーを見た。「だって、四時間も一緒に過ごしたあげくに、あの人がここに来た理由は、その前と同じでさっぱりわからないじゃないの！」

たしかに四時間だ。ダニエルは急いで引きあげるふうはまったくなく、エリーが受付にていた。そして、居間に戻ったときも、もう帰ったかと思ったのにまだにこやかにベスと話し一時間半いて、コーヒーのお代わりをもらい、少し前に行ったロシアの話を気軽に続けた。とてもおもしろい話だったのは認めざるを得ないけれど、ベスの言うとおり、ダニエル自身のことやここに来た動機について前よりわかったことは何もない。

「でも、コンタクトはできたじゃないの。親しくなれたわ。これからはあの人に話しかけやすくなるわよ」

ベスは納得がいかない顔をした。「お姉さん、本当にそう思う？」

今夜のダニエルを思い起こせば、実はエリー自身もそうは思っていない。それでも彼女はベスの気を引き立てようとした。「あなたはどうして自分でジェイムズに連絡してみないの？」

「そんなことできないわよ！」ベスの体がこわばり、顔がさっと青ざめた。「あの最後のけんか……ひどかったの。あの人はいろいろ言ったわ……」

「どんなことを？」エリーはやさしくうながした。ベスは、ジェイムズが出ていった晩のそのけんかについて、それまで固く口を閉ざしていた。妹の苦痛を思いやって、エリーも今までは話すように迫ったことはなかった。でも、ジェイムズが出ていってからもう一カ月以上たっている。今の状態が長引けば長引くほど、おたがいに引き下がるのがむずかしくなる。もし、その気があるのなら……。

「あら……ただ、いろいろなことよ」ベスはエリーの目を避けた。

「だけど……」

「その話はしたくないの」ベスは反抗的な表情を浮かべ、ぴしゃりと言い返した。

「でも、だれかが話をしなくちゃ」エリーはおだやかに言った。「ベス、あなたとジェイムズは愛し合っているんですもの。どこで間違ったにせよ、きっとふたりでときほぐせるわよ」

エリーは義弟が好きだし、彼とベスとはおたがいにいい相手だと思っていた。正式に別れることになったりしたら、ベスが胸を引き裂かれる思いをするのはわかっている。夫婦の問題には踏みこむまいとしてきたけれど、今の行きづまり状態を破るには、早くだれかが何か手を打たなくてはならない。

「だめ、むりよ」ベスは強情に言い張った。

エリーは眉根を寄せた。「なんでだめなのかわたしにはわからないわ。もしも……ほかに女の人がいるなんてことは、ないわよね？」それはそのとき初めて頭に浮かんだ考えだった。それまで思いつかなかったのは意外ではない。ジェイムズはずっとベスにほれこんでいたのだから。

ベスは今度もエリーと目を合わせなかった。「もし、わたしがいたと言ったら？」

エリーは首を振った。「あなたを信じるのがむずかしいだろうと思うわ」

「じゃあ、お姉さんは思い違いをすることになるわ」硬い声だった。「ほかの女性が絡んでいるの」

「ベス、間違いじゃない自信があるの？　ジェイムズは昔からずっとひとりの女の人にしか目を向けなかったのに、そんなこと……」

「彼が認めたんですもの」ベスはとげとげしくさえぎり、ぱっと立ち上がった。「だから、ほかに話し合うことなんかないのよ」

ジェイムズが認めたと聞いて、エリーは愕然《がくぜん》とした。義弟がそこまでベスをあざむき傷つけることができるなどとは考えてもみなかった。ほかの女性が絡んでいるなんて。思いもかけないことだった。

彼女は心配そうに妹を見た。「ベス……」

「わたし、もう寝るわ」ベスはふたたびさえぎった。「じゃあ、またあしたの朝」

ベスが去ったあともエリーは長い間、居間に座っていた。この一カ月、話をしたいならジェイムズのほうから来るべきだとベスが言い張り、がんとして彼と連絡を取ろうとしなかったのも何のふしぎもない。でも、その一方でベスは、事態がさらに悪くなり、やっとジェイムズと会ったときには話は離婚しかないということになるのも望んでいない。ひどくむずかしい状況で、今のところエリーにも出口は見当たらなかった。

ジェイムズがほかの女性とつきあっていたなんてまだ信じられない。一カ月前の大げんかの前には赤ちゃんを持つことを話し合っていたというのに。

もっとも、ダニエル・サッカリーのような男が友人でもあり手本でもあれば、誠実さについてのジェイムズの考えも悪い影響を受けたかもしれない。何しろ、ここでひとりの女性とつきあいながら、来週には別の女性と結婚しようという男なのだから。

さらにがっくりすることに、あくる朝エリーがホテルに出て最初に顔を合わせたのは、ダニエル・サッカリーだった!

エリーとベスは、非番のときもできるかぎりスタッフにも客にも顔を見せるようにしていた。客の中には何年も前からここに来ていて、エリーやベスが子どもだったころを覚えている人たちもいる。そういう人たちを毎年引きつけるのは個人的なふれあいなのだ。もっとも、ダニエル・サッカリーには二度と来てもらいたくないけれど。

エリーが受付に向かうときにちょうどダニエルがダイニング・ルームから出てきたので、避けるのはむりだった。ゆうべの食事の間に、エリーは、ダニエルがいなくなるのが早ければ早いほどみんなのためだと思うようになっていた。

「おはよう、エリー」ダニエルはなめらかな口調で声をかけた。黒っぽいビジネス・スーツに真っ白なシャツ、グレーのネクタイをきっちりと締めている。

「おはようございます、ミスター・サッカリー」エリーはよそよそしく答えた。彼女は黒いタイトスカートに淡いピンクのブラウスというきちんとした姿で、ブラウスの色が肩までの髪をいつもよりいっそう赤く見せている。

ダニエルはからかうように口元をゆがめた。「ゆうべはダニエルと呼んでたな」

受付の若い女の子がそのことばを聞いて興味津々の顔を上げた。エリーはそれに気づいて、ほおが少し染まるのを感じた。「ゆうべは妹が食事におよびしたからですわ」硬い声で言った。

黒い眉が上がった。「きみの客ではなかったということか?」

もちろんだ。実際、ジェイムズに女性がいたというベスの話と、ダニエルの私生活について自分が知っていることを考え合わせると、こんな男はできるかぎり近づけないほうがいい。

「そうです」緊張した声になった。

ダニエルはぶしつけなそのことばにも平然として、考えこむ目をしてエリーを見た。

「エリー、きみはどうしてぼくが気に入らないんだ？　ぼくを知りもしないのに」

知りたくもない。モラルのかけらもない破廉恥な男じゃないの。エリーがそこまでは不作法でない返事を思いつけないうちにダニエルは荒々しく続けた。

「それとも、ぼくがジェイムズの友だちというだけでたくさんだということか？」

エリーは目を見開いて、深緑の瞳を縁取る黒いまつげをくっきりと見せた。「いったいそれはどういう意味かしら？」憤然とした声になった。

「ぼくは……」言いかけて、ダニエルは長いくしゃみをし、やっとおさまると目を険しくしてエリーを見た。「またサファイアをつけているんだな」

エリーは少しもひるまずにその目を受け止めた。「そうですよ」しなくてもいい返事だった。つけているのは明らかなのだから。

「ぼくのアレルギーに気をつかってくれるのは、きみの……失礼、間違えた……妹さんの客だった間だけというわけか」

「今朝いちばんにお目にかかるどは思いませんでしたので」エリーはいらいらして言い返した。

ダニエルの口元がこわばった。「ぼくは、そのいまいましい代物をつけた人間から三メートル以内に立っただけで……」彼はふたたびくしゃみをし、エリーをにらみつけた。「くしゃみが出るんだ」

そんなことはわかっている。そのいまいましい代物をつけて戸棚の中にいたとき、同じ効き目が現れたのだから。でも、サファイアはお気に入りの香水のひとつだし、仕事に出てきたとたんにダニエルと顔を合わせるなんて本当に知らなかった。そうはいっても、知っていたら違いがあったわけではない。そして、ダニエルにもそれがわかっているのだ。「それでは、今日はもうお会いしないように気をつけます。むしろ、ご滞在中ずっとお会いしないように」エリーは言い捨ててそっぽを向いた。

ダニエルはエリーの腕を乱暴につかんだ。顔には激しい怒りが浮かんでいた。「きみは何でそんなにとげとげしくてひねくれた人間になったんだ?」歯ぎしりするような声だった。「男とうまくいかなくなって、それで人が幸せになるチャンスにけちをつけるようになったのか? そのせいで恋人を持つ余裕もないのか?」

この前ダニエルに聞かれてしまったピーターとの会話を思いだして、エリーはほおに血が上った。それに、よくも人のことを〝とげとげしくてひねくれている〟なんて言うわね。

いったい何を根拠にそんなひどいきめつけ方をするのかしら？　わたしが彼を嫌っているのをはっきり見せつけたから？　彼と出会う女性は、ひとり残らず、文句なしに彼の魅力にまいるはずだとでもいうの？　わたしに言わせれば、彼の魅力は蛇並みだ！

エリーは強引にダニエルの手をはずし、硬い声で言った。「わたしのプライベートな生活はあなたの知ったことではありません。他人のことをとやかく言う前にあなた自身の生活をきちんとしていただきたいものですね！」目を光らせてダニエルをにらみつけた。

彼は思いをめぐらすような目つきをした。「じゃあ、きみはぼくのプライベートな生活について何を知っているんだ？」

「あまりプライベートではないということですね」

「どういう意味だ？」ダニエルは不気味なほどやんわりとうながした。

エリーはじりじりしてため息をついた。「おとといあなたはこのホテルに女性といました」

「彼女と泊まったわけじゃない。ただ一緒に食事をして……」

「ゆうべわたしは別の女性からの電話に出ました、アンジェラとかいう方の」エリーはダニエルにさえぎらせないようにすぐに続けた。「声の調子からして、あなたとは相当の関係だという印象を受けましたけど」

「そのとおり」ダニエルは険悪な顔でうなずいた。

「そうだろうと思いました。二日にふたりの女性というのはちょっと多すぎるようですけど」辛辣《しんらつ》につけ加えた。

「違うね、エリー。一日にふたりの女性なら多すぎる」ダニエルはかかってこいと言わんばかりにエリーの目を受け止めた。

「おとといはわたしにも誘いをかけたのは覚えていらっしゃるでしょうね？」

「だが、きみは取り合わなかった」

「それでもあなたは誘ったじゃありませんか！」

ダニエルは肩をすくめた。「あのときはきみがだれだか知らなかった」

その口調にばかにした響きを聞き取って、エリーは体をこわばらせた。「知っていたらどういう違いがあったんですか？」

ダニエルは、彼女のきれいに磨いた黒い靴から燃えるような髪へとはかるように見上げた。「大いに違う」やっと言った。「きみはぼくのタイプじゃない。ぼくは、女性はやさしくて女らしくて……」

「まつわりつく女が好きなんでしょう！」エリーはおとといのダーリンの子どもっぽい女らしさを思い起こしてうんざりした。それに、わたしがやさしくも女らしくもないとほのめかすだなんて、厚顔無恥もはなはだしい。わたしのことを知りもしないくせに！　ダニエルも、わたしが彼のことを知らないと言ったけれど、わたしは、気にくわない男だとわかる程度には知っている。それとも、彼の女性に対する好みが気にくわないのかもしれない。

「ごめんだね、まつわりつく女は」ダニエルは切り捨てた。「神様、そういう女からぼくをお守りください！」

エリーは軽蔑《けいべつ》した顔で唇をゆがめた。「あなたの要求はささやかなものなんですね？あなたにとっての完璧な女性とは、やさしくて女らしくて、でも、まつわりつかない。ほかには何ですか？」

ダニエルは眉の片方をきゅっと上げた。「応募しようと思っているのかな？」

「とんでもない！　わたしがあなたの女性の条件に合わないのと同じぐらい、あなただってわたしが考える男性の条件に合いませんもの」気が高ぶって息が苦しいほどだった。まったく、この男の傲慢《ごうまん》さときたら、ことばにできない。

ダニエルは気のないそぶりで肩をすくめた。「腰抜けの男を見つけるのが簡単なことを思えば、きみがまだ結婚していないのは驚きだな」

エリーは思わずあえいだ。〝腰抜けの男〟ですって。ダニエルは、わたしがそんなタイプの男と人生を共にしたがっていると思うのかしら？

わたしは大人になって以来ほとんどずっと、強くて頼りになる人間として過ごしてきた。そして、二十七歳の今、結婚するなら、これまでとは立場を変えてわたしにとって強くて頼りになる相手がほしい。腰抜けなんてまっぴらだ！

「あなたがわたしの人生をどう憶測なさっても、わたしには興味はありません」エリーは冷ややかに言った。「あなた自身にも興味はないですけれど」わざと侮辱をこめてつけ加えた。ダニエルにはもうたっぷりと侮辱されているのだから、お返しをするのにためらうことはない。

「本当かな？」やんわりと言い返した。

エリーは眉根を寄せてじっと彼を見上げ、見上げなくてはならないことにいらだった。ふつうはハイヒールをはいていると、たいていの男性と目の高さが合うのだ。でも、この人は違う、ダニエルは百八十センチよりはるかに高い。そのことだけでもますますいらいらする。

「本当ですとも」

ダニエルは眉をぐいとつり上げた。「それは一種の挑戦かい、エリー？」

「とんでもありません！」エリーはぴしゃりと答えた。「さっきも言いましたけれど、あなたがここをお発《た》ちになるまで、おたがいになるべく顔を合わせないようにするのが、たぶんみんなのためだと思いますわ」早く出ていってほしいものだ。ここに現れて以来、ダニエルはわたしの人生をかきまわすことしかしていないのだから！

「それはちょっとむずかしいかもしれないな」あざ笑うように唇がゆがんだ。

エリーは眉をひそめてさっとダニエルを見た。「なぜですか?」警戒する声になった。

ダニエルはまた肩をすくめた。「ついさっきダイニング・ルームで妹さんに会って、今晩はぼくがきみたちふたりを食事に招くのを承知してもらった。ゆうべのお返しにね」

エリーは逆らおうとしたが、口をはさむ間がなかった。ゆうべで十分うんざりなのに、また一晩この人とつきあうなんて……。あんまりだ!

「ベスはよろこんでうかがうと思います」ベスだってこの男といるのは気づまりだというのはよくわかっているけれど、とにかく彼女はダニエルを知っている。「でも、わたしは失礼しなくてはなりません。ふたりで夜の勤務を休むわけにはいきませんので」エリーはできるかぎり丁重に断った。

「働いてばかりいて遊ばないとつまらない人間になるってことわざがあるじゃないか」

エリーは怒りにほおを染め、噛《か》みつくように言い返した。「わたくしだって遊びますわ、ミスター・サッカリー。ただ、たまたまホテルの運営もしなくてはなりませんのでね!」

「その問題はベスが解決したよ」ダニエルはさらりと言った。「ここのダイニング・ルームで食事をすればいい。それなら必要なときにはきみたちを呼びだせるからね」

まったくもう! 満足そうなダニエルの顔を見ればわかる――この人はわたしがよろこんでいないのをちゃんと知っているのだ。そう思うといっそう腹が立つ。

エリーは白々しくにっこりした。「話はきまったようですね。それでは、よろしかったらわたしは仕事をしなくてはなりませんので……」背を向けてその場を離れようとした。
「今晩会うのを楽しみにしている」ダニエルは後ろから呼びかけた。からかう調子が声にはっきり出ている――少なくともエリーの耳にはそう聞こえた。

ダニエル・サッカリーへの怒りはつのるばかりで、エリーはいつもの仕事をうわの空でこなしていた。彼はわざと今晩の食事の話をベスに持ちかけたにきまっている。わたしに直接話せば、最初から断られるとわかっているのだ。

いったいあの男は自分を何者だと思っているのかしら？　わたしが仕事に打ちこんでいるという点から将来の夫の選び方にいたるまで、わたしの人生のあらゆる面にけちをつけているみたいなのに、同時にわたしを気のすすまない場に強引に誘おうとする。しかも、わたしの気がすすまないことをちゃんと心得ている。そこがいちばんしゃくにさわるところだ。ダニエル・サッカリーは人を操る能力を楽しんでいるのだ。

たしか、馬を水辺に引いていくことはできるけれど、むりに水を飲ませることはできない、というようなことわざがあったと思う。いいわ、ダニエルは自分の思いどおりに夕食の話をつけたつもりかもしれないし、現に表面的にはそうだ。だからといって、顔を出したからには当然わたしが彼に礼儀正しくするということではない。

「わからないわ、お姉さんて」ダイニング・ルームに向かう途中でベスはぶつぶつ言った。「ゆうべはわたしたちだけだったのに着替えたくせに、今夜はお客さま全員の前で食事をするというのに、かまわないんだから！」

エリーはそれ以上言わせないように肩をすくめた。いやなのに強引に連れだされたということをダニエルに見せつけたいのだ。彼との食事のために何の努力もするもんですかと思い、昼間のブラウスとスカートのままで、髪はうなじのところでひとつに束ねているだけだった。

ベスはおしゃれをして、目の色にぴったりのブルーのドレスを着ていた。体の線に沿ったスタイルが、ほっそりとした体つきと肩までのブロンドの髪を引き立てている。

「いずれふたりともちゃんとする晩もあるわよね」ベスは残念そうに言った。

二度とこんな晩を過ごすものですか、二晩もダニエルとつきあったら、だれだってたくさんだ。

「あなた、きれいよ」エリーは自分の仕事着っぽい身なりにはふれずにベスに言った。

「ダニエルがジェイムズに会うことがあったら、わたしがジェイムズを思ってやつれているみたいだったなんて言われたくないんですもの」かたくなな言い方だった。

たとえ本当にやつれているとしてもだ！ ベスはこの一カ月で体に悪いほどやせ、目の下にはよく眠れないことを語る隈《くま》ができていた。でも、今晩の彼女がきれいで最近になく生き生きして見えるのにエリーはほっとしていた。ずっとベスのことが心配だったが、口を出すべきではないという決意を固く守ってきたのだ。そろそろベスのショックもおさまって、口を開き始めるかもしれない。そうはいっても、もし、ジェイムズにほかに女性がいるのなら……。

「きれいよ」エリーはベスを安心させるように繰り返した。「うちのレストランに食事に招かれるなんて、ちょっとばかばかしいけど」

「ダニエルがそうしようって言ったのよ」

「やあ」ふたりがロビーに入っていくと、話題の主が立ち上がった。「ふたりともとてもきれいだ」なめらかに言った。

純粋なほめことばに聞こえる人もいるかもしれない。でも、エリーの耳にはあざけりでしかなかった。ダニエルは彼女がドレスアップしようとしなかったのをずばりと見抜いていて、わざとそのことに注意を引いているのだ。彼自身は黒のイヴニング・スーツに真っ白のシャツを着ているのだからなおさらだ。ダニエルとベスのドレスアップした姿は、エリーをはっきりと余計者に見せた。

だからといって、エリーは別にそれを気にしたわけではない。彼女にとっては、大切でもないお客とのビジネス・ディナーにすぎないのだ。それに、そんなことより、少し前にベスが言ったことにまだとまどっていた。ダニエルは、ここのレストランで食事をするのはベスの考えだと言い、ベスはダニエルの考えだと言った。でも、妹の人柄を知っていれば、どちらのことばが本当かいつまでも思い迷うことはない。

それなら、ダニエルはなぜそんなうそをついたのだろう？　ある程度ダニエルを知った今、彼の言うことなすことには必ず裏に何かの魂胆がひそんでいるとわかるようになっている。

「心配そうな顔だね、エリー」ダニエルがおかしそうな目つきで言った。「何か、困ったことでも？」

何が問題なのか自分でもはっきりしないけれど、ダニエルが信用ならないことだけはわかっていた。

「いいえ、何も。さあ、ダイニング・ルームにまいりましょうか？」エリーはまだ考えにふけったまま、よそよそしく言った。ダニエルは先にバーで何か飲まないかと言ったが、エリーは断った。「ダイニング・ルームにもワインはたくさん揃《そろ》えてありますから」

「そうだね、この前気がついた」ダニエルはうなずいて続けた。「実際、このホテルではダイニング・ルームが大きなセールス・ポイントのようだね」

エリーはセールス・ポイントということばに緊張した。ダニエルがこのホテルを買おうとしてようすを見に来たなんて、そんなことが本当にあり得るかしら？

「最近、内装をし直したんですよ」席につきながらベスが説明した。

「内装のことを言ったんじゃないんだ。この前食べた料理から考えて、きみたちのシェフは体重と同じだけの金の値打ちがありそうだよ」

「ピーターのこと？」ベスがにっこりして言った。「あの人に出会ったのはたしかに幸運でしたわ」

ダニエルと一緒にいてもくつろげるようになってきたらしい。

「どうやって見つけたんだ？」ダニエルは興味ありげにきいた。「ぼくの目には、ロンドンの贅沢《ぜいたく》なレストランにいても当然のシェフに見えるけどね」

「ロンドンに住んでいてお金持で、そういう贅沢な店に行ける人たちだけに、いい料理を食べる権利があるんですか？」エリーはばかにした調子で言い返した。

ダニエルがピーターに興味を示したことにエリーはいらだった。ピーターと出会ったのはたしかにすばらしいできごとだったが、実際には彼がこのホテルを見つけたのであって、その逆ではない。ピーターのほうがある日ここに現れて、仕事はないかとたずねたのだ。そして、ジュニア・シェフとして勤め始め、じきに調理場全体を預かるようになり、エリーもベスもとても救われた思いだった。でも、そんないきさつはダニエルの知ったことではない。

「そんなことは言っていない」ダニエルはゆっくりと答えた。「ぼくはむしろ……ピーターだっけ、彼のためを考えていたんだ。彼ならロンドンにいれば大金が稼げるはずだからね」

「お金が第一という人ばかりじゃありませんわ」エリーは突き放すように言った。

「ぼくはそういう人間だとほのめかしてるのか?」ダニエルは黒い眉をぐいと上げた。

エリーは動じることなく彼と目を合わせた。「わたしが言おうとしているのは……」

「メニューが来たわ」ベスがウェイトレスからメニューを受け取りながら、ほっとした声で割って入った。「まず飲み物を頼みません? それからゆっくり料理を選べばいいわ」

エリーにはベスの気持がよくわかった。今晩を乗り切るためには、おそらくこのあたりで矛をおさめるのがいいのだ。ただ、ダニエルがここまでわたしをかっかとさせなければ助かるのに!

それにしても、ダニエルのワインの選び方には文句がつけられなかった――食前酒も、食事をしながら飲んだものも。ほかのことはとにかく、ダニエルはいい料理といいワインについてはよく心得ている。そして、困ったことに、エリーは彼についてほかにもあれこれと考えずにいられなかった。

エリーとダニエルは驚いたことにまったく同じ料理を選んだ。鮭《さけ》のスフレにビーフ・ウェリントン、どちらもとてもおいしくて口の中でとろけた。ベスの頼んだパテと舌平目もおいしそうだった。

「すばらしかった!」ビーフ・ウェリントンの最後の一口を食べ終わると、ダニエルは感心した声で言い、お皿を下げに来たウェイトレスに向かって続けた。「シェフにちょっと話ができないかきいてくれないか？」そして、エリーの方に向き直ると、おかしそうに目をきらりとさせた。「ほらね、エリー、ぼくたちにはたしかに共通点がある。結局、ぼくはきみが求める男性の条件のいくつかには合っているかもしれないよ」いたずらっぽい口ぶりだ。

同じ料理を選んだからといって共通点があることにはならないわ。ましてや、ダニエルが、わたしが望む人生のパートナーの人柄に近づいたなんていうことには、絶対にならない！

エリーは軽蔑した調子で言った。「それは大いに疑わしいわ」

ダニエルは平然としてにやりとした。「ずいぶん自信ありげだね」

「ええ、ありますとも」エリーはきっぱりとうなずいた。「わたし……」そのときピーターが近づいてくるのが見えて、彼女は口をつぐんだ。

ダニエルもピーターに気づいて、ゆっくりと立ち上がった。そして、推し量るような視線をエリーに向け、またピーターに目を戻した。最初の晩に受付でエリーに話しかけていた男だと気づいたのは明らかだった。

「ダニエル・サッカリーです」彼は手を差しだした。「今夜の料理がどんなにおいしかったか一言きみに言いたくてね」温かい言い方だった。

「ピーター・オズボーンと申します」ピーターはダニエルの手を握って答えた。「食事を楽しんでいただけてうれしいです」

「一緒に何か飲まないか？　きみのボスたちもかまわないと思うけどね」ダニエルは空いている椅子を指さし、エリーとベスの方をからかうように見て言った。

もちろんかまわない。だが、エリーは、ピーターが近づいてきたときのダニエルの目が気に入らなかった。彼女とピーターの関係を憶測する目つきだった。

「まだ料理中ですので」ピーターは残念そうに断った。「でも、お会いできてよかったです。最後までごゆっくりお楽しみください。じゃあ、また、エリー」彼はエリーににっこりして去った。

エリーは、ダニエルが自分に強い視線を注いでいるのに気がついた。彼女も無表情にじっと見返した。ピーターとわたしの間に何があると思っているのかしら？　何かあると考えているのは明らかだ。それに、ピーターが腰抜けとはかけ離れた男であることもはっきりわかったに違いない。

「彼はここに長くいるのかい？」ダニエルはまだエリーに目を注いだまま、おだやかにきいた。

「半年ぐらいだわ」ベスが答えた。「彼がシェフになって以来、レストランはとても繁盛しているの」

「だろうね」ダニエルはうなずいた。「彼ほどの腕前のシェフが――ばかにして言うわけじゃないけれど――ここみたいな小さなホテルにずっといるのはやはり奇妙だ。この土地にいる理由が何かほかにあるんじゃないかな?」

「わたしたちは別にそれを知ろうとは思いません」エリーは冷ややかに言い捨てた。ダニエルの憶測を認める気も否定する気もなかった。

「そうかい?」納得しない声だ。勝手に間違った結論を引きだしたのだろうが、否定したところで彼が考えを変えないのはわかりきっている。好きなように考えればいい、とエリーは思った。

「そうです」気のない態度で答えた。「だけど、あなたはうちのシェフに度を越した興味をお持ちのようね。彼を盗もうとしてると思われますよ」からかう調子でつけ加えた。

「盗みはしない」ダニエルはひるまずにエリーの目を見た。「だが、ぼくは、彼が断れないような申し出をしたいと思っている」

エリーは信じられない思いでダニエルを見つめた。「何ですって?」やっと絞りだすような声が出た。

彼は肩をすくめた。「きみたちのシェフの評判は広まっている。ぼくがここに来たのは、うちのレストランのどこかで働くように彼を誘うためだ。どの店でもかまわない。これほどの料理がつくれる男なら、場所は自分で選んでいい」

エリーはなおもダニエルを見つめた。ベスも見ているのがわかった。ふたりとも声が出なかった。

　ダニエルはおかしそうに目をきらきらさせて、ふたりを見返した。「きみたちは、ぼくが何のためにここに来たと思ったんだ？」

4

たしかにダニエルが言ったような理由は考えていなかった。ピーターを引き抜きに来ただなんて！　でも、いったいダニエルは最初にどうやってピーターのことを聞きつけたのかしら？　でも、これでダニエルが今晩ここで食事をしたがったわけはわかった。彼は、引き抜き話をわたしたちに持ちかける前に、ピーターの腕が予想どおりかどうか、念を入れてたしかめたかったのだ。

ダニエルは椅子にもたれ、エリーとベスのびっくりした顔を見てからかうように片方の眉をつり上げた。わたしたちがどう反応すると思っていたのだろう？　この人はうちの大切なシェフに誘いをかけようとしているだけではなく、ぬけぬけとわたしたちにそれを話す傲慢《ごうまん》さまで持ち合わせているのだ！

「もちろん、ぼくはまだピーターに話していない」ダニエルはいまだに声の出ないふたりに向かって話を続けた。「だけど、公明正大の精神からして、近いうちに話すつもりだということをきみたちに言っておくべきだと思う」

テーブル越しにダニエルを見すえるエリーの目が深緑の火花を散らした。シェフとしてのピーターを失うことを思うとショックは小さくなかった。頭がおかしくないかぎり、ダニエル・サッカリーのような男の誘いをピーターが断るはずはないという事実は正面から見すえないわけにいかない。

そうはいっても、ピーターがシェフになって以来、経営はとてもうまくいっているのだ。実際、この数カ月、支払いが滞らずにできているのは、彼の料理の腕前とその結果のレストラン部門の成功のおかげだった。

それなのに今、この男はピーターを奪い去ろうとしている。しかも、それが成功するのは疑いない。

「それはすごく心の広いお話ね。でも、あなたはいつからそんな公明正大な精神なんてものをお持ちなの?」とうとう怒りが抑えられなくなって、エリーは叩《たた》きつけるように言った。

ダニエルは険しく目を細めた。「ぼくたちがおたがいにそんなによく知っているとは気がつかなかったよ」言い方はおだやかだが、口元はこわばっている。「それとも、きみはぼくについて、ぼく自身が知らないことまで何か知っているのか?」

エリーはぎごちなく息を吸った。「あなたという人は……」

「エリー、今はこんな話をするときではないと思うわよ」ベスが静かにさえぎり、わざとらしくあたりを見た。レストランは、ゆっくりと食後のコーヒーを楽しむ人々でまだこみ合っている。ベスはダニエルの方に向き直って言った。「あしたの朝、事務室でお話ししましょう。十時でどうですか？」気持を抑えた硬い声だった。

ベスだって腹をたてているんだわ、とエリーは気がついた。それでも、実際的なベスはここで話を続けるのはまずいと悟るだけの分別は保っているのだ。少なくともわたしはかっかするにきまっている。だから、もっとプライベートな場所で話せるときまで待つほうがいいのだ。それに、たぶんベスは、あしたの朝になればわたしの気が少しは静まると期待しているのだろう。

まったく、この男の厚かましさときたら信じられない。よくも客みたいな顔をしてやってこられたものだ。それにしても、ピーターについてはどうやって聞きつけたのかしら？まさかジェイムズが話したのではないだろうし……。ベスの言うとおり、話はあしたの朝にしたほうがよさそうだ。わたしの想像力はもう働きすぎだ。

ダニエルはエリーの顔に感情が揺れ動くのを見守っていた。彼自身の顔には謎《なぞ》めいた表情が浮かんでいる。「それでいいかな？」わざとらしく言った。

「わたしはけっこうです、あしたの朝十時で」エリーは目を光らせ、噛《か》みつくように言うと、唐突に立ち上がった。「では、よろしかったら、仕事がありますので」彼女はぱっと身をひるがえし、背中をこわばらせてダイニング・ルームを出た。

ロビーの横にある事務室に着くまでは堂々とした態度を保っていたものの、中に入ったとたんにエリーはデスクの後ろの椅子にどかりと沈みこんだ。もし、ピーターのおかげで上がっているレストランの利益がなくなってしまったら……。

ホテルの一部門だけにそれほど頼るのはよくないことぐらいわかっている。でも、この何カ月かはそうせずにはいられなかった。今になってどんなに愚かだったかわかる。ダニエルが手を出さなかったとしても、あれだけの腕を持つピーターが長くここにいると考えるなんて、傲慢な思いこみだった。ダニエルのほめことばから思えば、これまでピーターを引き止めておけたのが幸運だったのだ。

それでも、だからといってダニエルの卑劣なやり方を許せることにはならない！

「きみがねじり上げているのは……」聞き慣れすぎた声が聞こえた。「そのかわいそうなクリップというよりぼくの首のような気がするね！」

エリーはさっと顔を上げ、座り直した。ダニエルが戸口に立っているのが目に入った。クリップをめちゃめちゃに折り曲げているのに気づかなかったのはもちろん、ドアが開く音も耳に入っていなかった。

彼女はダニエルの傲慢な顔から一瞬も目をそらさず、クリップをデスクの横の屑《くず》かごに捨てた。「ドアに〝関係者以外お断り〟と出してあるはずですけれど」冷ややかな声だった。

ダニエルは注意書きを見ながら肩をすくめた。「〝ノックしてください〟とも書いてある」からかうようにゆったりと言う。

「でも、あなたはノックしなかったじゃありませんか！」エリーは眉をつり上げ、こぶしが白くなるほど固く手を握り締めて言い返した。

ダニエルは部屋に入り、きっぱりした態度でドアを閉めた。「ぼくが何をしなかったって？」ずかずかと寄ってきて、デスクの端に腰をのせた。

エリーは気持を抑えようと深く息を吸った。「ノックです！」よくわかっているくせに。それに、わたしを見下ろすような座り方をしないでもらいたい。見下ろされると優位に立たれた気がしてしまう。

ダニエルは黒い眉を上げて、おだやかに言い返した。「しなかったっけ？」

「おわかりのくせに」いらだつ気持を何とか抑えたが、本当はハンサムで傲慢なダニエルの顔から満足げな笑みを引きはがしたかった。

彼はどうでもいいというふうに肩をすくめた。「してもしなくても関係ないじゃないか。あの注意書きは、この部屋は完全に立ち入り禁止ではなくて、お客は歓迎だ、と暗に言っているんだから」

でも、それはノックした上のことだし、たとえノックしたとしても、わたしがここにいるかぎり、この人は歓迎しない。「お約束はあしたの朝の十時ですけれど、ミスター・サッカリー」

「そうか、ミスター・サッカリーに逆戻りしたんだな?」ばかにした口ぶりだった。「シェフを狙《ねら》われたから突っ張っているのか? ビジネスではどんな手でもフェアってことわざを聞いたことがないのかい?」

エリーはひるまずにダニエルを見上げた。「それは〝恋と戦争では〟だと思いますけど?」

「きみに恋をするのは、たぶん戦争をしてるみたいな気分だろうな」ダニエルはつぶやくように言いながら前に乗りだした。急に彼がひどく身近に迫った感じになって、エリーはそわそわした。「だけど、勝つ値打ちのある闘いかもしれない」

顔から体へとゆっくり見まわされて、エリーのほおに血が上った。「そんなことは絶対にわからせるものですか!」彼女は立ち上がってさっとダニエルから離れた。

ダニエルは細めた目でエリーを見守りながら座り直した。「絶対だなんて決定的なことを言うものじゃないよ、エリー。たいていはあとであざ笑われるはめになる」

エリーはダニエルから離れたので前よりは気が強くなった。「この場合は違いますけどね」軽蔑《けいべつ》した口調で言い返した。

「違うかな?」ダニエルも立ち上がり、とたんに部屋がずっと狭くなった感じがした。

「違いますとも!」エリーはけんか腰でダニエルと向かい合った。

ダニエルがゆっくりと近づいてくるのを見て、彼女は気がついた――この人に対してはこんな態度をとるのはまずかったらしい。この人はたぶん、正面から挑戦されて引き下がった経験は一度もないのだろう。でも、エリーも引き下がれなかった。ダニエル・サッカリーにはどこか彼女の中の頑固な性分を引きだすものがあった。

ダニエルに目の前に立たれると、エリーは彼の顔を見るには頭をのけぞらせなくてはならない。あまりにも近くにいるので、濃いブルーの瞳の中にさらに濃いネイビー・ブルーの斑点《はんてん》があるのが見えた。まつげは黒くてしなやかで、男性とは思えないほど長くて豊かだった。

ダニエルは、エリーのうなじでまとめた髪に触れた。「きみみたいにきれいな髪をこんなスタイルにするなんて罪だ」かすれた声でつぶやくと、べっこうのバレッタを器用にはずし、燃えるような赤毛を肩に広げた。「このほうがいい」彼は満足そうに言い、ほれぼれとした目つきをした。

「ダニエル……」

「ぼくたちは口をきかないほうがいいんじゃないかな」まだ声がかすれている。「ほかのやり方のほうがうまく気持を伝えられるかどうかやってみようじゃないか」

そのことばの意味をのみこむ間もなくダニエルの顔が近づいてきて、エリーは口をふさがれた。

最初の反応は抵抗だった。よくも厚かましくこんなことをするわね。だが、体に巻きつけられたダニエルの腕をはずし、口を離そうともがくうちに、反対にしっかりと首筋を押さえつけられてしまった。もう逃れられない！

ダニエルの唇はエリーが予想したような荒々しい動きはまったくせず、彼女の唇をそっと吸い、味わった。エリーは抵抗する気持が薄れていくのを感じた。全身にぬくもりが広がり、これまで経験したことのない強い欲求が体の奥に湧《わ》いた。いったいこれは……？

「エリー、唇を開いてくれ」つぶやくような声が聞こえた。

彼女はのどのつかえを強くのみ下した。大きく見開いた目に不安が浮かんでいる。「わたし……」

「きみの中に入りたいんだ」ダニエルはかすれた声で言った。

そのことばの親密な響きでエリーの体のぬくもりは燃えるような熱さに変わり、これからどうなるかを察してあえぐような声がもれた。ダニエルは彼女の唇が開いたチャンスをとらえてふたたび唇を合わせた。熱く湿った舌がエリーの唇をそっとなで、ついで、口の中に深く入りこんできた。

自分がダニエルのものになったような感じがした。体はダニエルの体にぴったりと沿い、脚の力が抜けて、くずおれないように彼の首に腕を巻きつけた。全身が彼のぬくもりにとけこんだ。ももを強く押しつけられ、口の中を舌でリズミカルに探られて、熱い流れが血管を駆けめぐる。

こんなキスは生まれて初めてだった。もっと強くもっと深いものを求める、それほど激しい欲求を知ったのも初めてだった。

このまま床に横たえられ、愛されたかった。ふたりの間に突然湧き上がったこの情熱の力を十分に知りたかった。それはあまりにも突然で圧倒的で、何も考えられなくなり、感覚しか働かなかった。いつの間にか、エリーの手はダニエルのジャケットの下で引き締まった背中をなで、脚は彼のすらりとしてたくましい脚に絡まっていた。

「すごいね、エリー！」ダニエルはエリーを見下ろした。目には欲望がみなぎり、少し焦点がぼやけている。「いったいきみはぼくに何をしようとしているんだ？」

「わたしが？」エリーは憤然として言った。「わたしは何も……」

「やめてくれ、戦闘再開はごめんだ」ダニエルはうんざりした声で頼みこむように言った。彼の息がエリーの顔を温かくかすめた。「ぼくは、たった今ここできみを床に寝かせて、ふたりともへとへとになるまで愛せたらと思っている、まったくどうかしているよ！」自分で自分をあざける口ぶりだった。

そのことばがついさっきの自分の気持そのままなので、エリーはほおがほてった。ダニエルの言うとおり、こんなことはどうかしている。おたがいに好きでさえないのに。

「エリー、よせ！」ふたたびもがこうとするエリーをダニエルは押さえた。「間違っていたのは、ただ、おたがいに求め合っていると気づくのに、もうちょっと、その、プライベートな場所を選べただろうにという点だけだ」

おたがいに求めているだなんてとんでもない！　さっきはたしかにおたがいに反応した。それは否定できないけれど、もともと感情が高ぶっていたのだ。たんにいろいろな事情が積み重なって、たまたま起きたことにすぎない。

「そのきれいな頭の中に今はどんな考えが浮かんでいるんだ？」ダニエルはエリーを見下ろして言った。

エリーは彼から体を引き離した。「わたしはきれいでなんかありません。忘れないでもらいたいわ。わたしは〝とげとげしくてひねくれて〟いるんですから」辛辣《しんらつ》に言い返した。ほんの少し前、わたしはいったい何をしていたのかしら？　よりによってこんな人に、どうしてあんなに奔放な反応ができたのかしら？

ダニエルは口を一文字に引き締め、荒々しく言った。「今のはそういうことだったのか？　きみはその点を実際に見せようとしたのか？　そうだとしたら、きみは実にみごとにやってのけたよ。たぶんこれでやっと、ぼくは、なぜオズボーンがこんな小さなホテルで才能をむだにしているのかわかったと思う」

「どういう意味？」エリーはダニエルからできるだけ離れ、ふたりは部屋の両端からにらみ合った。

ダニエルはあざ笑うように口元をゆがめた。「わかっているくせに。だけど、エリー、スタッフを引き止めるには彼らと寝るよりもっと楽な方法がきっとあると思うよ！」

エリーの目に激怒が燃えた。「あなたっていう人は、なんて……」

「ねえ、お姉さん、わたしたち……」入ってこようとしたベスが口をつぐみ、憤然とにらみ合うふたりを見て、戸口に立ちつくしたまま眉根を寄せた。「エリー？」やっとためらいながら言った。「わたしたち、あしたの朝十時にここで会うはずだと思っていたけど？」

エリーが何も答えずにいると、ベスはたずねるようにダニエルを見た。

「ミスター・サッカリーにはそれとは別の考えがおありだったのよ」エリーは軽蔑した目をダニエルから離さずに答えた。「まったく別の考えが」挑むようにつけ加えた。乱れて肩に広がった髪を見て、ベスは何事かと思っているに違いない。

ダニエルはどうでもいいという態度で肩をすくめた。「その件はあとでいい。さしあたり、きみたちに言っておくが、ふたりとも……」

「わたしたちがすることについて、あなたはアドバイスする立場じゃないと思いますけれど！」エリーがさえぎった。

「今度のことはオズボーンには話さないでおいてもらいたい」ダニエルはがんとした態度で続けた。

「わたしたちが彼の将来を話し合う予定だということを考えれば、そんなご要望は……」

エリーは要望ということばをわざと強めた。「傲慢というだけではなくばかげていると思いますけどね！」

エリーの激しい口調にもダニエルはまったくけろりとした顔をしていた。「だが、これはビジネスの問題だ。ぼくの提案の内容をぼくたちの間ではっきりさせるまでは、オズボーンに話しても何の役にも立たないと思う」

エリーは軽蔑した目つきでダニエルを見た。「あなたがどんなにピーターを手に入れたがっているか、彼に知られたくないっていうんですか？」

ダニエルも冷ややかに見返した。「言ったと思うが、あの男なら、ほしいだけの給料を……」

「それでも、あなたは彼にそれを知られたくないんですね！」エリーはなおもあざけった。

ダニエルの目は氷と化していた。そして、動じることなく延々とエリーを見つめたあと、ふいにベスに移った。

「きみのほうが姉妹の中で冷静な頭の持ち主のようだね」ベスに話しかけるとき、ダニエルの口調は明らかにやわらいだ。「たぶん、かっかする性格は火のような髪の毛とセットになっているんだ」彼は肩をすくめて続けた。「とにかく、ビジネスの点から見れば、あしたぼくたちが会うまで、この件はこれ以上だれとも話さないほうがいいと思う」

ベスはのみこめない顔をして頭を振った。「このことではわたしは姉に賛成です。ピーターが今知るかあした知るかでどう違うのか、本当のところわからないわ。あなたは彼を引き抜こうと固く決めていらっしゃるみたいなのに」

ダニエルは渋い顔をした。「エリーがこの話を個人的に取る理由はわかる。だけど、どうしてきみまでそうなのかはわからないね」ベスを見つめるうちに彼はさらに顔をしかめた。「もしかして……」

「やめてください」ダニエルの考えがどこに向かっているのかを察して、エリーがぴしゃりと言った。この一年、ジェイムズの態度がどうだったにせよ、ベスが夫に忠実だったのははっきりわかっている。妹がピーターにロマンティックな興味など抱いていないのはたしかだ。「あなたの考えていることは見当違いです」警告をこめてつけ加えた。

「いずれわかるさ。ところで、きみは今夜、寝物語であの男に話さずに我慢できそうだと思うかい？ それとも、ぼくたちは今すぐ話し合いをするべきかな？」ばかにした言い方だ。

エリーは気持を静めようと深く息を吸った。「これまでのところ、わたしはすばらしく〝我慢して〟いますからね」あてつけをこめて言い、両手を固く組んで、ダニエルの顔から人をばかにした表情を叩き落としたい衝動に必死で耐えた。「もうあと何時間かは我慢できるでしょうね」

「大変けっこう、それではあしたの朝」

「おやすみなさい」答えたのはベスで、エリーはもうダニエルには一言も話す気になれなかった。

「エリー……」

「やめて、ベス」エリーは椅子に座りこんで顔を手で覆い、目を閉じて深呼吸をした。人もあろうにダニエル・サッカリーの腕の中で、このわたしがあんなに自制心をなくしてしまったなんて、まだ信じがたい。もっとたまらないのは、今までだれにもあんな気持にされた覚えはないということだ。

十代のころや二十代の初めのうちは、エリーも人並みの電撃的な恋を経験した。でも、それを過ぎると、母親のことばでは〝選《え》り好みが強く〟なった。そして、今は人生の伴侶《はんりょ》にどういうタイプの男性を求めているのかわかる年になり、条件に満たない相手で間に合わせる気はなくなっている。自分勝手でモラルを欠いたダニエル・サッカリーは明らかにそれ以下だ。

それならどうしてわたしは彼にあんなに奔放に応《こた》えてしまったのかしら? いったいダニエルの何が、我を忘れるほどわたしを動かしたのだろう?

エリーは手をはずしてベスを見た。自分の顔が青ざめ、目を大きく見開いているのがわかる。ダニエルとの間にたしかにあったことについてベスにどう言ったらいいかわからず、のどのつかえを強くのみ下した。でも、何か言わなくてはならない。

「ああ、エリー！」ベスは息がつまったような声を出した。「お姉さんたら、まるでわたしがジェイムズに出会った晩みたいな顔よ！」

それまでの顔色を青白いと言うとすれば、今は幽霊みたいに真っ白に違いない。「どういう意味？」エリーはこわばった唇でやっと言った。

ベスはエリーの横に来て、慰めるように肩を抱いた。「いつかはきっとこうなるとわかっていたわ」首を振りながら言う。「トムソン家の女性はみんなそうなのよね？　ママをごらんなさい、パパに一目ぼれして、それ以来ふたりはずっと幸せだわ。わたしもジェイムズに同じことをしたしね」さびしそうな顔になった。「一目見て、わたしはまいったわ。わたしたちはみんな、すごい勢いで激しくのめりこむみたい――それも、一生に一度だけ。どうしてこうなのかはわからないけれど……」

「ベス、そのへんでやめて」エリーはきっぱりとさえぎり、立ち上がった。「たしかにあなたとママはそういう恋に落ちたかもしれないわ。でも、わたしも同じだなんて言おうとしてるんじゃないでしょうね？　しかも、こともあろうにダニエル・サッカリーなんかと！」痛烈な調子でつけ加えた。

そわそわと部屋の中を歩きまわるエリーを、ベスは考えこむ目で見守り、おだやかにきいた。「同じことをしていないかしら？」

「ばかなことを言わないでよ！」エリーはためらわずに言い返した。さっき起きたことについては自分でも説明がつかない。でも、ベスが言うようなことと違うのは絶対にたしかだ。ダニエル・サッカリーに恋をするですって？　がらがら蛇に恋をするほうがまだ安全だわ――それなら、少なくとも音が聞こえて危険が迫っているのがわかる。

ベスは不審そうに眉をひそめた。「だけど、お姉さんと彼は……。あなたたちはたしかに……。ねえ、わたしの言おうとしてることはわかるでしょう？」

「もちろんわかってるわよ」エリーはいらいらした声で言い返した。「でも、ダニエル・サッカリーときたら、そこそこの年で独身の女性なら、だれにでも誘いをかけずにいられない男みたいじゃないの」

「わたしはそうは思わないわ」ベスはゆっくりと首を振った。「ジェイムズがいつも言ってたわ。ダニエルはめったに女性とつきあわないし、つきあっても長くは続けないって。彼にとって完璧《かんぺき》な女性は出会ったとたんにわかるからなんですって。そうなるまで、利用されたという気持が双方に残るようなその場かぎりのつきあいはしたくないんだそうよ」

でも、わたしは今、利用されたと感じている。ダニエルのしたことがほかにどう説明できるの？　来週にも結婚する予定だというのに！

ベスは顔をしかめた。「ジェイムズはダニエルに、きみはこの世にいない女性を探しているって言ってたわ」

ダニエルの恋愛観なんか知りたくもない。「でも、彼はもう、そういう人を見つけたみたいよ。だって、あの人は来週には結婚するんだから！」それにしては、彼がフィアンセと電話で話す態度は愛している人にしてはいらいらしていたけれど。

ベスは目をぱちくりさせた。「ダニエルが？　ジェイムズは彼の結婚話なんかしていなかったわ」

「だけど、あなたが最後にジェイムズと話をしてから一カ月になるのよ。その間にはいろいろなことが起きてもおかしくないわ」数分のうちにわたしに起きそうになったことを見ればわかる！

「それはそうだと思うわ」ベスはゆっくりと認めた。「それでもやっぱり彼がここに来るのはちょっと変よ。もし、本当に結婚式が来週だったら」

「それはたしかよ」エリーはきっぱりと答えた。「ねえ、今晩はもうダニエルの話はたくさん」それより、あしたの朝までに彼に対してどう出るか考えるべきことがたっぷりある。

「今いちばん心配なのはピーターの問題よ。もし、彼をなくしたら……」

「彼が行きたがらない可能性だって……だめね、ないわ」エリーのむりだという顔を見て、ベスも残念そうに認めた。「今度の話みたいなチャンスを断ったら大ばか者ですもの。いったいダニエルがどうやって最初にピーターのことを聞きつけたのか知りたいものだわ」

ため息をついて言う。

今はそれについてのわたしの想像は口に出さないほうがいい、とエリーは思った。ジェイムズが原因だと正確にわかっているわけではないし、ベスと彼の関係をこれ以上悪くしても何にもならない。本当のところは、ジェイムズ以外の筋からダニエルがピーターのことを知ったとは考えられないけれど。

「とにかく現にダニエルは知ったのよ」エリーは切り捨てるように言った。「今となっては、わたしたちはそれをどうするか考えるしかないわ」

そうはいっても、やはり何のアイディアもなかった。ホテルはレストランの部門に大きく頼ってきた。愚かにも……というのが今になってわかる。でも、現実の問題として、これからはレストランからの利益抜きで何とかがんばってホテルを続けていかなくてはならない。でも、結局のところ、ダニエルがホテルを買い取ろうとしていたというのよりは、シェフの引き抜きのほうがまだよかったと言うべきかもしれない。

5

翌朝になってもエリーは、およそ自分らしくなかったゆうべのふるまいについて、何も結論を出せずにいた。でも、はっきりわかっている点がひとつだけある――ベスの説明は認められない。ダニエル・サッカリーみたいな男に恋をするなんてあり得ないことだ！

母とベスについてなら、本当だ。両親は出会ったそのときにおたがい一生一緒に暮らしたいと思い、二年前に父が病気になったとき、母は父の体のためにためらわずに暖かい土地に移り住んだ。そして、ベスも、初めて会ったときと変わりなく今もジェイムズを強く思っている。だけど、わたしがダニエルに同じような気持を抱いているだなんて！　ばかばかしい！

「どうしてそんなに元気がないの？」心配そうなピーダーの声が聞こえた。「それほどひどいことなんてあるはずはないよ。よく考えてみれば、何事もそんなに大変じゃないんだ」

エリーは受付に向かうところだった。「ことばどおりに受け取るわ」にっこりして明るく答えた。「朝食は、もう全部すんだの?」

ピーターはうなずいた。「ぼくの休みの前に一緒にコーヒーを飲む時間はあるかな?」

ピーターはいつも朝食と昼食の間に二時間ほど姿を消した。家に帰って猫に餌《えさ》を与えるのだとエリーは思っている。ピーターの私生活についてはあまり知らなかった。

彼女はちらりと腕時計を見た。十時にはまだ二十分あまりあり、それまでピーターとコーヒーを飲んでも何も悪くない。ダニエルがどう思おうとかまいはしない。「あるけど、十時までね」すまない気持で言った。十時の約束が、彼の話をするためだと知ったら、ピーターはどう思うか想像がつかなかった。

「けっこう、それまでにはぼくも出かけなくちゃならないから」

ふたりはダイニング・ルームの窓際の席に座った。ウェイトレスがコーヒーを注《つ》ぐ間、エリーはあたりをさっと見まわした。最初に目に入ったのはダニエルだった。彼は氷のような目で見返した。

まったくもう!

ダニエルが考えていることははっきりしている。でも、わたしがピーターとコーヒーを飲んで何がいけないの? ダニエルの計画についてピーターと話し合おうとしているわけではない。ダニエルにそれがわからないのは認めるけれど、だからといって彼は早合点をするべきではない。

　エリーはわざとダニエルから顔をそむけてピーターに温かく笑いかけた。「よかったわ、あなたとおしゃべりするチャンスができて。この土地の暮らしはまだ気に入っている？」

　ピーターはうなずいた。「ここは人が温かくて親切だ。ジェイムズとベスのことは残念だけど、きっといずれ解決すると思う。ときどき彼とバーでビールを一杯やったのが懐かしいよ」

「あなたには彼から電話があるの？」出ていって以来、義弟が友だちのだれにも連絡していないとは考えられない。

「いや、一度も」ピーターはあっさり言い切った。「でも、ぼくは彼は戻ってくると思うな、ベスとの問題が解決すれば」

「わたしもそう期待してるんだけど」エリーは気持をこめて答えた。

「うちの名士のお客はまだ泊まっているんだね」ピーターはダニエルの方に頭をかしげて興味ありげに言った。

「そうよ」エリーはそっけなく言い、ダニエルからさっと視線をはずした。彼は席を立つ気配はなく、コーヒーのお代わりをもらっているところだった。わたしが何をすると思って見張っているのかしら？

「成功した男だね」ピーターは気のない声で言った。

「あなたは成功することに興味がないの？」

彼は肩をすくめた。「だれにも負けないほどじゃないかもしれない」考え深い口調に変わった。「もっと大切なことはいろいろある。それに、成功についての問題点は、一度トップに上ったらその先の道はひとつしかないということだ」

エリーは軽く笑った。「そんなふうに考えたことは一度もなかったわ」

ピーターは少し残念そうな目をした。「こんな考え方をするなんて、ぼくはたぶん単純すぎるんだろうな。ぼくが言おうとしてるのは、成功は必ずしも人を幸せにしないってことさ」

それはおそらく本当だ。ビジネス界におけるダニエル・サッカリーの成功には何の疑いもないけれど、彼は私生活で幸せだとはとても思えない。来週結婚する予定なのにほかにも女性がいるということが、それをはっきり語っている。

「ピーター、あなたは人生でどうなれば幸せ？」エリーは話を続け、ダニエルのことはきっぱりと頭から閉めだそうとした。でも、部屋の向こうから穴のあくほど見ている冷ややかな視線を感じれば、完全に閉めだすのは容易ではない。

ピーターはにこっとした。「それはいたずら半分の質問かな？」

「もちろん違うわ。ただ、興味があるだけ。わたしたち、今までこんな話をする時間がなかったから」

「あなたがぼくの誘いを断り続けたからさ」ピーターはからかった。「ぼくはその気になれば、一晩中でも人生観を語ってあなたをうんざりさせられるよ、ほんの二十分なんかじゃなくてね」

「あなたにうんざりなんかしないわよ。白状するけど、あなたほどの才能のある人がどうしてこんな小さなホテルにいるのか、ふしぎに思ったことはあるわ。だけど、あなたが今言ったことで、わたしの好奇心はある程度満たされたみたい」

「ある程度だけ?」

「まあね」エリーは考えこむようにピーターを見た。彼は三十代後半のハンサムな男性で、おそらく独身であり、シェフとして人並み優れた才能がある。彼がここにいることについては、成功に幻滅したという以上の何かがあるに違いない。「どうしてここにいるの、ピーター? いったい何でブラムフォースに来ることにしたの?」

ピーターはコーヒーをすすり、カップをソーサーに戻した。「それは長い話になる」やっとゆっくりと答えた。「たぶん一晩必要だと思うな」彼はからかうように眉をぐいと上げ、挑む目でエリーを見た。

エリーは笑顔を返した。「わたしったら自分で自分を追いこんじゃったようね」

ピーターは驚いた顔をした。「それは、そのうち夕食を一緒にしてくれる気にやっとなったという意味かな?」

「そうよ」エリーはうなずいて、ちらりと時計を見た。「その話はまたにして。もう行かなくちゃ」ダニエルは言いたいことが山ほどあるに違いない。遅刻して、この上文句の種を与えたくはなかった。

「いいよ、忘れずにね」

エリーがレストランの出入口に近づいたとき、ダニエルがそばに来て並んで歩き始めた。

「我慢できなかったんだな?」とげとげしい声だった。

この人に対しては明らかに攻撃が最善の防御だ。「ピーターと話していたことをおっしゃってるんでしょうね?」眉をつり上げて言った。

「もちろんだ、ぼくたちは……」ダニエルはぷつりとことばを切り、気持を抑えるように息を吸った。「ぼくの提案のことは、まだボーイフレンドに明かさないと話がついていたと思うがね」

エリーは痛烈な視線をダニエルに浴びせた。「あなたのおっしゃることはふたつの点で間違っているみたいだわ。まず、ピーターはわたしのボーイフレンドじゃありません」へえという顔つきのダニエルにエリーは噛《か》みつくように言った。「それに、あなたの話はまったくしていません」ダニエルの成功について話したことは別だ。「わたしには、あなたの話をするよりはましな時間の過ごし方がありますのでね!」辛辣《しんらつ》につけ加えた。

「きみは……」

「おはようございます」ふたりが事務室に入っていくと、ベスが明るく声をかけた。「わたし抜きで話を始めたの？」

「まだよ」エリーはそっけなく答え、ダニエルにもぶっきらぼうに言った。「さあ、すませてしまいましょうか。わたしたちには仕事がありますから」

ダニエルは椅子に腰を下ろし、わざと間を取った。ビジネス・スーツに真っ白なシャツ、きっちりと締めたペーズリー柄のネクタイというきちんとした姿だ。「きみたちが手放したくないシェフもいるし」やっと彼はゆったりと言った。

エリーは肩をすくめただけで座ろうとはしなかった。ダニエルの前では腰を下ろすとひどく引け目を感じてしまうのは経験でわかっている。「わたしはやはり、わたしたち三人で話すのは時間のむだだと思います。あなたのお話を受けるかどうかはピーターが決めることですもの」成功についてのピーターの見解を聞いた今、彼がダニエルの話に関心を持つかどうか、エリーはよくわからなくなっていた。

「そんなことはわかっている。だが、ぼくは、きみたちに彼の後任を探す時間を与えずに引き抜くつもりはないことをはっきりさせておきたかった。彼ほどの腕の男の後任探しが簡単ではないのはわかっている。でも、三カ月の猶予ならだれにも文句は言われないはずだ。だから……」

「ダニエル」エリーはきっぱりとさえぎった。「あなたがピーターに話さないうちは、そんな必要があるかどうかもわからないんですよ」

ダニエルは眉根を寄せて彼女を見た。「ぼくは、彼にアプローチする前にぼくたちの間でことをはっきりさせておきたいんだ」

「この件ではベスとわたしにはいちばん発言権がないんじゃありません？」エリーは軽蔑《けいべつ》した態度で言い返した。

ダニエルはいらいらした目を彼女に向けた。「きみはわからずやだな。そもそも、ぼくにはオズボーンについての計画をきみたちに話す必要なんかまったくなかったんだぞ！」

エリーはひるまずに彼の目を受け止めた。「じゃあ、なぜ話したんです？」

「礼儀だ」噛みつくような言い方だ。「ゆうべ言った公明正大の精神だ。それに、もやもやした状態でここを離れるのは、オズボーンにはいちばん気持が悪いに違いない。人を犠牲にして自分のほしいものを手に入れるのは、あまりいい生き方じゃない」

エリーはじっとダニエルを見た。見ずにいられなかった。そんなことばが彼みたいな男の口から出るとは、何より思いもかけないことだった。

ほんの一瞬エリーは、ダニエルが人ののど笛を裂くような生き方をしているというのは自分の誤解かもしれないと思い、すぐにまた考え直した。なんてばかばかしい！

「姉もわたしもピーターの邪魔をしたくはありません」ベスが答えた。「もちろん、わたしたちがこの話をよろこんでいると言ったらうそになります。ピーターを失うのは絶対にいやですもの。でも、それは彼が決めることです」

エリーもまったく同感だった。「それに、あなたが彼に決めさせるのが早ければ早いほど、みんなにとっていいと思いますけれど」

ダニエルはふたりをじっと見つめた。感心した目つきだった。「タフだね、きみたちは」彼はやがてゆっくりとした口調で言い、腰を上げた。

タフ？　わたしたちが？　ダニエルはからかっているにきまっている！　二年前に両親にホテルの経営を任せられて以来、ふたりで何とかやってくるのは大変だった。タフだったら、ベスは結婚に破れるのではないかと思い煩ってやつれたりするかしら？　わたしはわたしで、ホテルを失うかもしれない心配でよく眠れなくなったりするかしら？　タフだなんて、そうは思わない。

エリーは冷ややかに言った。「ピーターはしばらく外に出ていますけれど、また食事の準備に戻るはずです。家に電話なさって、それより前に会うようにもできると思います。彼の自宅の電話番号はわかっています」彼女はデスクの上の電話帳をめくった。

「きみなら自宅の番号も知っているんじゃないかと思ったさ。でも、けっこう」ダニエルは首を振った。「彼が戻ってきたときに会えばいいから」

「では、ほかに何かお話がなければ……」エリーは、出ていこうとしないダニエルにあてつけがましく言った。ピーターの電話番号についてちくりと言われたことは、きっぱりと無視した。

「それが、あるんだ」ダニエルはドアの前まで行ってノブに手をかけた。「きみにお礼を言いたいとも思っているしね」

エリーは目をぱちりとさせ、ほおが熱く染まるのを感じて、ちらりとベスの顔をうかがった。いったいこの人が何でわたしにお礼を言うことがあるのかしら？　もしも、ゆうべのことだったら……！

「何のことですか？」エリーはのどのつかえを強くのみ下して言った。

ダニエルはからかうようにエリーの視線をとらえた。笑みを浮かべたブルーの目が警戒心を浮かべた緑の目をまっすぐに見つめている。「今日はサファイアをつけてないことに対してさ。気をつかってくれて、とてもありがたく思っている」

今日、サファイア以外の香水を選んだのはダニエルへの気づかいとは何の関係もない。そんなことは考えもしなかった。でも、今のことばで、ベスはダニエルと姉の仲について憶測を深めるだろう。実際エリーは、ベスがすでに好奇心を新たにした目で自分たちを見ているのに気がついた。

「感謝してくださるのは見当違いです」エリーはこわばった声で言った。「わたしは……」

「水をささないでくれよ、エリー」ダニエルはやんわりとさえぎった。「人生に、少しは幻想を残しておいてもらいたいね」にやりと笑ってそう言い捨てると、彼は事務室を出ていった。

しばらくの間エリーはことばも出ずに閉まったドアを見つめていた。そのうち、ベスがおかしそうに自分を見ているのが目に入って、やっと我に返った。

「あの人が幻想を抱いたりするものですか」うんざりした声になった。「幻想を生みだそうとする努力もしないわよ！」

「それはいいことじゃないかしら？　少なくともあの人については、何をするのかはっきりわかるもの。つまり、見た目のとおりの人間なのよ」ベスの口調は少し苦かった。

ジェイムズはそうではないということをベスは学んだのだ。「ねえベス、あなた、もう少しジェイムズを捜す努力をするべきだと思わない？」エリーはおだやかに言い、ベスが体をこわばらせるのがわかってもさらにねばった。「じっとして彼から連絡があるのを待っているだけでは何も得られないわ」

ベスは青ざめた顔で立ち上がった。「彼に連絡するつもりよ。そうしなくてはならないときにはね」声が震えている。

エリーは眉根を寄せた。「どういう意味？」

ベスの目つきは曖昧《あいまい》だった。「別に」

「ベス……」

「そのことはほうっておいて。わたし、しなくちゃならないことがあるから」ベスは硬い声で言うと、急いで出ていった。

エリーはデスクの前に座った。ベスをどうしたらいいのかわからなかった。まして、彼女が問題について口を閉ざしてしまってはどうしようもない。それでも何かを変えなくては。それも近いうちに何とかしないと……ベスは精神的に力つきる瀬戸際にいるのだから。

「やあ」軽いノックのあと、ピーターが事務室に顔を出した。「ちょっといいかな?」

ノックの音が聞こえたとき、エリーは少し救われた気分で顔を上げた。朝からほとんどずっと請求書の山と取り組んできて、そんな時間になっているのにまったく気がつかなかった。四時半だった。ダニエルはおそらくもうピーターに話をしただろう。

「もちろんいいわよ。さあ入って」エリーはにっこりしてすすめた。

ピーターはデスクをはさんで彼女と反対側の椅子に腰を下ろした。「鉄は熱いうちに打とうと思ってね」にこっとして言う。

エリーはのみこめなかった。「何ですって?」

「また断るんじゃないだろうね?」ピーターは軽くからかった。「朝からずっとあなたと行く場所を考えていたのにさ」

彼女はまだ話の筋がたどれなかった。入ってきたのがピーターだとわかったとたんに、彼は辞表を出しに来たのだと覚悟しかけていたのだ。

「いつ?」眉を寄せ、必死で話に調子を合わせようとした。

「ぼくの、次のオフは月曜だから……」

「ああ、一緒に出かける話ね！」突然のみこめた。

「もちろんだよ」ピーターはからかうように頭を振った。「今朝、いいって言ったのをもう忘れたんじゃないよね？」

そう、忘れてはいない。ただ、今までピーターの頭をその話が占めているとは思わなかったのだ。たぶん、ダニエルはまだ彼に話すチャンスがなかったのだろう。

「忘れてないわよ、もちろん。どんなことを考えているの？」

「手はじめに、あなたはもう少しうれしそうな顔をしてくれてもいいんじゃないかな」ピーターは笑ってからかった。

「ごめんなさい」エリーもすまなそうに笑った。「わたしはただ……あの、月曜の晩はだいじょうぶよ。行き先はあなたにお任せするわ」

「楽しみにしているよ」ピーターは立ち上がった。「そろそろ行かなくちゃ。調理場のスタッフに野菜をだいなしにされないうちに」

エリーはくすっと笑った。「あなたがシェフになって以来、盛りつけが前よりすばらしくよくなったのは認めなくちゃね」

ピーターはドアを開けながらにっこりした。「じゃあ、ぼくがここに残ってよかった、そうだね？」

エリーはまばたきし、眉をひそめた。

「ぼくはダニエル・サッカリーの話を断ったのさ、エリー」ピーターはからかうような調子で言い、去っていった。

ピーターはダニエルと話をしたのだ！

しかも、彼の誘いを断ったらしい。

いったいダニエルにどう思われるかしら……？

6

「きみは、みごとにオズボーンを丸めこんだものだな」ダニエルは荒々しく言った。エリーは居間の奥に立ち、ダニエルと向かい合った。数秒前にドアにノックの音が聞こえたときから胸がどきどきしている。ダニエルに違いないとわかっていた。さっきピーターと話して以来、いずれダニエルがやってくると予想していたのだ。エリーはダニエルを正面から冷ややかに見た。

「何ですって？」

ダニエルはずかずかと入ってきた。「オズボーンを引き止めるのにどんな鼻薬を使ったんだ？」辛辣《しんらつ》に言い放った。「きみたちには今以上に彼に給料を出せるはずはない。アシスタントを雇うのもむりだ。それなら、どんな手を使った？」ダニエルは硬く冷たい目でエリーを見た。

エリーは一歩も引き下がらず、ダニエルの激怒に動揺したそぶりはまったくうかがわせなかった。でも、実は動揺していた。これまでのダニエルは、いつも人をからかうか、ばかにするかのどちらかで、完璧《かんぺき》に自制心を保っていた。ところが、今の彼は怒り狂っているようだ。ピーターと話してからもうたっぷり三時間はたっていてこうなのだから、直後の機嫌は推して知るべしだ。ダニエルが今まで待っていたのを感謝するべきなのかもしれない。

着替えなければよかった、とエリーは思った。ぴったりしたジーンズに丈の短いブルーのセーター、髪は肩に流し、靴ははいていない。これから二、三時間はお客に会うことはないと思い、私室では楽なかっこうでいたかったのだ。ここはわたしの家だし、今わたしは勤務中ではない。それなのにビジネスの話を持ちこむなんて。こんな強引なやり方を我慢する必要はない。

エリーは腕時計にちらりと目を走らせた。「わたしは二時間後には仕事に戻ります。お話はそのときできるんじゃありませんか？　今は非番ですから」

「それはつまり、きみの頭が働くのをやめているという意味か？」ダニエルはあざけった。

「こみいった話はできないとか……」

「人を侮辱する必要はないと思いますけど！」

「そうかな？　オズボーンには何も言わないでくれと念を押して頼んだのに、きみは彼に話した」

「そんな話はしていません！」

「悪いけど信じられないね」

「あなたが信じてくれようとくれまいとかまうものですか」エリーはかっとなった。「ただ、わたしをうそつき呼ばわりするのは許しません」エリーの目が深緑に光った。「ピーターはどういう理由であなたのお話を断ったのかしら？」エリー自身、その点には興味があった。

「個人的な理由だ。きみがそのどこかに顔をのぞかせていることぐらい、天才じゃなくても察しがつくさ！」ダニエルは辛辣になじった。

「あなた程度の頭でわかるということね。でも、わたしは、ピーターがあなたの申し出を断ったこととは何の関係もありませんから」

ダニエルは推し量るように目を細めてじっとエリーを見守り、しばらくしてやっと言った。「エリー、きみはどうなっているんだ？」激しい怒りは少し薄らいだらしく、ひたすら冷ややかな口調だった。「きみはまるで死神みたいにまわりの人間にしがみついている。ひとり取り残されるのが怖いのか？　そういうことなのか？」

「何をおっしゃってるのかわかりませんね。言ったでしょう――わたしはピーターがあなたのお話を断ったことと何のかかわりもありません」

「オズボーンのことだけを言っているんじゃない」ダニエルはまだエリーから目を離さなかった。「ぼくはきみがさっぱりわからない……」

返した。

「わかってくださいなんて、だれも頼んでいないでしょう!」エリーはいらいらして言い返した。

「でも、ぼくはわかりたいと思う」ダニエルは考え深げな表情に変わって静かに言った。

「きみはきれいだし……」

「それはどうもありがとうございます!」皮肉たっぷりに答えた。

「若くてきれいで、男ならたいていは、手綱をつけてみたい誘惑にかられるような威勢のいい性格だ。きみの火みたいな激しさはすごく好奇心をそそるから……」

「わたしについてのあなたのご意見に興味はありません!」エリーはいきりたってさえぎった。そんなふうに言われるとどぎまぎしてしまう――ましてダニエルに言われたら。自分をきれいだと思ったことなど一度もないし、ダニエルがわたしの激しさに気をそそられるなんて、聞きたくもない!

「そんなことはわかっている」険しい声だった。「でも、聞かせるさ。自分のしたいこと、したくないことばかり言いつのるのはやめて、たまには人の話に耳をかたむけるんだね。頼むよ、まったく。このホテルがきみにとって大切なのはわかる。だけど、外には広い世界があって、きみが興味を持ってくれるのを待っている。世界はこのホテルとともに始まるわけでも終わるわけでもない、そうだろう?」ダニエルは、さえぎろうとするエリーの先を越してさらに続けた。「そんなことではいけない。きみは、きみぐらいの年齢の女性がふつうほしがるようなものがほしくないのか？　自分だけの家や家族をほしくないのか？」

「もちろん、ほしいわよ」一方的に攻め立てられている感じがして、エリーはかっとして答えた。「だけど、それはそんなに簡単なことでは……」

「なぜだ？」

「わたしにはいろいろな責任がありますのでね。わたしを頼りにしている人たちがいるんですから」気持が高ぶってほおが赤くほてった。わたしがどう生きようとダニエルに何の関係があるの？「わたし自身がどうしたいかということは、優先順位のずっと下の方にあるんです」

ダニエルは腹だたしそうにため息をついた。「どうしてだ？　きみが幸せなら、まわりの人たちも幸せになるってことがわからないのか？」

「わたしは幸せです」弁解めいた言い方になった。

「いつから？」ダニエルはあざけった。

エリーは怒りで顔を真っ赤にした。わたしは不幸せではない、ただ特に幸せでもないだけだ。でも、ダニエルの知ったことではない。「あなたにそんなことをきく権利は……」

「あるさ、もちろん」ダニエルは断固とした態度で近づいてくると、エリーのすぐ前に立った。「エリー、ぼくはきみを腕に抱いた。キスをして、きみの反応を感じた。きみが情熱的な興奮を味わえる人だとわかっている。ぼくはそれがむだにされて、きみがひからびたオールドミスになるなんて、いやでたまらない！」

エリーはダニエルをにらみつけた。「とげとげしくてひねくれた女にっていうこと？」

「まさにそのとおり」ダニエルはにやりとした。

ことば以上にエリーを怒らせたのは、おそらくその笑いだった。一瞬、彼女は怒りに任せて手を振り上げた。

「そうはいかないと思うよ、エリー」ダニエルはやすやすとエリーの腕をつかんだ。「あれほどの炎がむだになってしまうなんて」惜しそうにつぶやき、エリーのほてった顔になでるような視線をはわせた。

「そんな……」

「エリー、突っかかるのはやめろよ、何にでもだれにでも」ダニエルは静かに言い、空いているほうの手でエリーのほおを包んだ。そして、親指で彼女の唇をなでてそっと開かせ、唇を重ねた。

初めのうちの抵抗は、たちまち体の中がとろけるような感覚に変わった。エリーは腕をダニエルの首に絡ませてキスを返した。ダニエルにそっとなめられて唇がうずき、火のような熱さで全身がほてる。

ダニエル・サッカリーの腕に抱かれ、キスをされるのは、これまでのどんな経験とも違うものだった。短いセーターの内側で背中をなでられると、エリーは快さにあえいだ。その手が動いて彼女の胸をブラジャーの上から包み、指先が、こわばった頂をかすめたとき、あえぎ声はうめきに変わった。

ダニエルの唇はエリーののどに移っていた。熱い息がかかり、舌が探りまわる。のどのくぼみをたどられると、体中に快さが走った。その間もずっと、ダニエルは両手でエリーの胸を包み、頂に親指の先でリズミカルに触れて、欲求をかき立てた。

ブラジャーのフックをはずされたとき、エリーは何の抵抗もしなかった。ダニエルがセーターを持ち上げてなめらかな胸に顔を伏せ、我が物顔に胸の先端を口に含むと、彼女は、ダニエルの豊かな黒髪に手を入れて指を絡ませた。

熱いものがエリーの体の中で燃え、もっとダニエルに寄り添いたい、彼の一部になりたいという欲求が湧《わ》き上がった。エリーがしがみつくと、ダニエルはさっと彼女を抱え上げてソファに運んだ。問いかけるような目つきでちらりと彼が見下ろしたとき、エリーの目には訴えるような暗い光があった。その訴えに応《こた》えてダニエルが引き締まった体を重ねると、エリーは息がつまった。

ダニエルと体がぴったりと触れて、エリーの欲求はある程度満たされた。でもすっかり満たされたわけではない。まだ足りない、もっとほしい……。

ダニエルはエリーのセーターとブラジャーを取り去り、何もまとわない胸を見下ろした。

そして、手の中にふくらみを包みこんでゆっくり顔を伏せ、ばら色の頂のそれぞれに美しさを称《たた》えるように口をつけた。

「エリー、きみは本当にきれいだ」彼はかすれた声で言い、顔を上げた。

エリーはただの一度も自分をきれいだと思ったことはない。たいていの人が自分の体の魅力について感じるような、ごくふつうの不安を抱き、いつも、ある部分は小さすぎるし、別のある部分は大きすぎると考えていた。でも、ダニエルが今、きれいだと思うなら、本当にそうなのだろう。

エリーはかすれた声で笑い、ダニエルを引き寄せて、無言のうちにもう一度キスするように誘った。ダニエルの舌は今度は探るように口の中に入ってきた。ももはエリーの脚にぴったりと押し当てられ、ダニエル自身の高まりを伝えている。

ジーンズのボタンに手をかけられたとき、エリーは低くうなり、体がさらに熱くなった。絹の下着を通してダニエルの手のぬくもりを感じ、自制心を完全になくしてしまいそうだった。

ダニエルはエリーを見下ろして、かすれ声でつぶやいた。「ほら、突っかかるのをやめたほうが楽しいだろう?」

まばたきしてダニエルを見返すとともに、冷たい現実が戻ってきた。このわたしが半ば裸でソファに横たわり、そばにはダニエル・サッカリーがいる。ダニエル・サッカリーが！

わたしは何をしているのかしら？　どうしてこんな男に応えられたのだろう？　出会って以来、わたしを侮辱し、おとしめ続けているだけの男に。一時的に頭がおかしくなっていたに違いない。

「エリー？」エリーのぞっとした表情を見て、ダニエルは首を振った。「エリー、違う……」

エリーはダニエルを押しのけて立ち上がると、セーターをつかんで頭からかぶった。ブラジャーなしでは頼りない感じだったが、何もないよりはましだ。

「出ていって」ダニエルと目を合わせられず、彼の肩のあたりを見つめて、ぎくしゃくした声で言った。

ダニエルは動こうとしなかった。「なぜぼくが出ていかなくちゃならないんだ？」

エリーの瞳が深緑に光った。「ばかなことを言わないで。こんなことは、けっしてあってはならなかったのに……」

「こんなこと？」ダニエルはソファに座り直し、目を細めてじっとエリーを見た。「ぼくたちはふたりとも大人なんだよ。そして、明らかにおたがいに惹《ひ》かれ合っていて……」

「惹かれてなんかいるものですか！」エリーはほおを赤く染めて声を強めた。

「ぼくよりばかなことを言わないでもらいたいね」ダニエルは辛辣に言い放った。「惹かれる度合いがもうちょっと強かったら、ふたりとも最後まで燃え上がっていたところだよ」

ああ、どうしよう！　エリーは目を閉じた。なんという屈辱。こんなことがあっては、この先ダニエルがホテルを出るまで、いったいどうやって耐えられるだろう？　ピーターに断られたからといって、ダニエルがさっさと帰るとは考えられない。一度拒まれてあきらめるような男とは思えなかった。

「出ていってもらいたいんです、ばかばかしくても何でも」こわばった声で噛《か》みつくように言った。

ダニエルは数秒間黙ってエリーを見つめてから、ゆっくりと立ち上がった。「出ていくよ。ただし、きみの気が高ぶっているからだ。話はまだまだ終わっていない」彼は不気味につけ加えた。

話ですって？　わたしたちは体で語り合っただけじゃないの。しかも、もう少しで結論にまで達するところだった！　それに、わたしの今の気分は、高ぶっているなどというのとはまるで違う。荒れはてたとでも言ったほうが近い気持だ。

「わたしは終わったと思いますけど」エリーは身を守るように腕を体に巻きつけて、そっぽを向いた。どうしてこの人は出ていかないの？　わたしが床にくずおれないうちに。

「エリー……」

「さっさと出ていって！」エリーの自制心は今にも完全に切れそうだった。

ダニエルはゆっくりと部屋を横切り、エリーの目の前に立った。「エリー、きみは二十七歳の大人の女性なんだよ」軽く頭を振り、つぶやくように言う。「たった今ぼくたちの間で起きたことは、そんなに恐ろしいことじゃない。悲劇でもないさ」

たぶんダニエルにとってはそうなのだろう。そうにきまっている！　来週結婚するというのに、この人は今ここで起きたことに何の気のとがめも感じないのだ。それなら、わたしだっていつまでも彼にショックを見せていてはいけない。わたしの経験のなさを見せつけることになってしまう。ダニエルにそんな満足を味わわせるのはまっぴらだ。

「恐ろしかったなんて言ってません」エリーは反抗的に目を光らせて言い返した。「間違いだったということよ」

ダニエルは険しく顔をしかめた。「ぼくはそうも思わない。もしも……。きみは、オズボーンに知られた場合、彼がどう出るかが怖いのか？」ばかにした口ぶりだった。「あの男がきみとの関係を考え直すかもしれないと思うのか？」

エリーはダニエルをじっと見すえた。この人はそれを狙《ねら》って……？「たとえ、考え直すとしても、ピーターはあなたのもとで働こうとはしないでしょうけどね」あざける口調で挑発した。

ダニエルは氷のように冷たい目を細めた。「きみはそのためにあんなことをしたのか？

ぼくに誘惑されたとオズボーンに言えるようにか?」うんざりした顔だった。「エリー、きみは困った人だ。きみには重大な問題がある。きみを気の毒に思うよ。それに、きみとかかわり合いになる人も」

エリーはダニエルをにらみつけた。「わたしのことなんか何ひとつ知らないくせに」

ダニエルはドアのそばまで行った。「十分知っているさ」抑揚なく言った。「残念な気がするね、だってぼくは……いや、もういい」彼は自分をあざけるように首を振った。「オズボーンについては、勝手に最低のことをするがいい。きみはわざと彼の将来の道を狭くしているんだ、きみ自身の目的をはたすために!」ドアがばたんと閉まった。

ピーターに最低のことをしろですって? 今のことを言いつけろというの? わたしがさっきの屈辱を人に聞かせたがるなんて、ダニエルは本気で考えているのかしら? とんでもない! 人に知らせるどころか、わたし自身の頭からもそっくり消してしまいたいのに。でも、消せるとは思えないけれど。

「お姉さん、少し顔が青いわよ」それから二時間ほどして受付を交代するとき、ベスは心配そうにエリーを見て言った。「だいじょうぶ?」

だいじょうぶなものですか! ダニエルが出ていったあと、エリーはこなごなにされた気力をかき集めた。散らばった服もかき集めて……。バスルームに行き、ゆっくりとおふろにつかった。おふろは気を静めるのに役に立つと思ったのだが、服をぬいで胸が薄く赤らんでいるのが目につくと、落ち着けるどころではなかった。人は気がつかない程度のかすかな赤みだったが、エリー自身はひどく意識した。

しかも、今でも気になっている。まるで、ダニエルとのさっきの親密な場面が、だれの目にも見えるように顔中に書いてあるような気がするのだ。

「だいじょうぶよ」エリーはベスの探るような視線を避けて、デスクの上の書類を意味なくまぜた。

「だいじょうぶには見えないわ」ベスは眉をひそめた。「わたし、あと何時間かここにいてもかまわないわよ、もし……」

「だいじょうぶって言ったでしょう!」エリーはとげとげしく答え、とたんにベスの傷ついた顔を見て後悔した。「ごめんなさい、大声を出したりして」すまなそうに妹の腕に手をかけて続けた。「だけど、本当にだいじょうぶよ」それに、受付にいれば、忙しくてダニエルとのことを思いださずにいられる。ひとりで住まいのほうにいたら、考えこむ時間がありすぎる。

「じゃあ、いいけど」ベスはまだ、とても納得したとは言えない顔をしていた。「わたし……あの、さっきダニエルと話をしたんだけど」彼女はためらいながら、あらためて口を切った。

エリーは顔から血の気が引くのを感じた。ダニエルがさっきのことをベスに話すなんて、まさかそんな？　そんなことはできるはずがない。

「ジェイムズがここを出ていって以来、会ったことはないってダニエルは言うの」

「ジェイムズに？　だけど……」

「お姉さんは正面からききなさいって言ったじゃないの」ベスは顔をしかめた。「だから、きいたのよ。ダニエルはジェイムズにはもう何カ月も会っていないんですって」

エリーはやっとベスが何を言おうとしているのかのみこめた。だが、ジェイムズに会っていないのなら、ダニエルはどうやってピーターのことを知ったのだろう？　彼がベスに話したことを信じていいものかどうかわからない。でも、ダニエルに直接たずねる気もなかった。

「じゃあ、彼はジェイムズがどこにいるかも知らないのね？」

ベスは困った顔をした。「それはきいてないんだけど……」

「きくべきだったわね」エリーはそっけなく言い返した。ダニエルについてひとつわかったのは、彼がすばらしく頭がいいということだ。ジェイムズの居場所を知っているかと、取り立ててベスがきかなければ、ダニエルも知っているともいないとも、取り立てて言わないのだ。

ベスはふたたび渋い顔をした。「今はもう時間がないと思うわ。彼はあしたの朝は七時半に朝食を予約しているし」

エリーは肩をすくめた。「じゃあ、そのあと、話したら……」

「だめなのよ、あら、わたし、お姉さんに言うのを忘れてたわ。ダニエルは朝食のあとすぐに発《た》つの」

発つですって！　ずいぶん急な話だ。たしかにピーターには断られたけれど、ダニエルは、ほしいものを手に入れるためなら最初の障害であきらめる男性とは思えない。わたしに対してはあんなにしつこかったのに。

そうはいっても、エリーは、自分とダニエルとの間にあったことが、彼がホテルを発つのと関係があるとは思わなかった。彼の場合、私生活に起きたことがビジネスに影響するとは思えない。ダニエルがあした急に発つのにはまったく別の理由があるにきまっている。それに、そんなに突然のことではないかもしれない。彼は数日後には結婚することになっているのだから……。

「わかったわ」エリーは硬い声で答えた。「それなら、請求書をまとめておくわね」

「だけど、ジェイムズのことはどうしたらいい？」ベスは泣き声で言った。

エリーは顔をしかめてベスを見た。「あなたはどうしたいの？」

ベスの目が涙でうるんだ。「わからないわ！　何がどうなっているのか知らないまま、こうしていてはいけないのはわかるけど。彼はなぜ何も言ってこないのかしら？　お姉さん、何とかして」

「どうしてあなたがしないの？」エリーはやさしく言った。

「ジェイムズはわたしがどこにいるか知っているのよ。でも、わたしは彼がどこにいるのかさっぱり手がかりもないわ」

「彼のご両親に電話できるじゃないの」

ベスは首を振った。「お義父《とう》さんたちが、わたしたちが別居していることを知っているかどうかわからないんですもの。知らないとしたら、わたしの口から知らせることになるのはいやなの。ダニエルがわたしのたったひとつの頼みの綱だったのに」ベスは重いため息をついた。

でも、ベスが正しい質問を正しいきき方でしないかぎり、ダニエルから率直な答えが得られるはずはないのだ。

「お姉さん、わたしの代わりに彼と最後にもう一度話してみてくれない？」ベスは訴えるようにエリーを見た。

「わたしが？」エリーはぎょっとした。「だめよ、ベス、そんなことできないわ。わたし……」

「わたし、おなかに赤ちゃんがいるの」ベスは青ざめた顔で叫ぶように言った。「ジェイムズを捜しだして知らせなさいなんて言わないで。わたし、彼がそのために戻ってくるのはいやなの」

　ジェイムズには自分が父親になるということを知る権利がある。でも、エリーは同時にベスの気持もわかった――ジェイムズだろうとだれだろうと、子どもができたというだけの理由で男が自分のもとに戻ってくるのはいやだということだ。ベスのもとに戻りたいから戻るのでなくてはならない、ほかの理由ではだめなのだ。ああ、何てやっかいなことになっているのかしら！

　それに、ベスは赤ちゃんをずっとほしがっていたのだ。ふたりが別居した今になってこんなことになるなんて、何という悲しいタイミングだろう。

「わかるでしょう、もし、ジェイムズと話ができても……だめ、赤ちゃんのことは言えないわ」ベスはきっぱりと首を振った。「わたしたちがよりを戻すとしても、それだけの理由ではいやなの。だけど、彼は連絡してこないし、わたしは彼の居場所を知らなくては、話を始めることさえできないわ。この上、赤ちゃんのことが人目につくようになったら……」

　そうなったら、ベスはジェイムズとまったく話そうとしなくなるだろう――プライドが許さないのだ。それはわかる、でも……。

「ダニエルが発つ前に話してくれない？」ベスはもう一度すがるようにエリーの顔を見た。「ジェイムズのいるところだけでも聞きだせたら、そこから何とかやってみられると思うの」

何というジレンマ！　でも、自分のプライドは二の次にしなくてはいけないとエリーにはわかっていた。ベスとベスの赤ちゃんの幸せを先に考えなくては。それはつまり、あしたの朝、ダニエルが発つ前に話をしなくてはならないということだ。

7

翌朝受付で待つとき、エリーは、精いっぱい手をつくしたかいもなく自分の顔が青ざめているのがわかっていた。ダニエルが会計をすませに来るのは時間の問題だった。

今、エリーに必要なものは自信だ――ゆうべのことなど何もなかったようにダニエルに話しかける自信だ。ベスのためにぜひともそうしなくてはならない。

前の晩は、ダニエルに抱かれた記憶にさいなまれ続けたつらい一夜だった。今までどんな男性にもあんなふうに反応したことはなかった。なぜダニエルに対してああなってしまったのか理解しようとしたがむだだった。ダニエルは、わたしが男性についていやだと思う点だらけなのに。お金がありすぎ、エネルギーがありすぎ、魅力がありすぎ……何もかもがありすぎる！

それなら、ゆうべのわたしはいったい何をしていたのかしら？　違う、わたしが何かをしていたのではない。すべてがわたしがコントロールできる限界を超えていて……。

「おはよう、エリー」あざ笑うような声が聞こえた。「請求書をくれないか」

苦しい思いにふけっていたエリーは、ダニエルが近づいてきたのに気づいてさえいなかった。目を上げながら、自分の顔からさらに血の気が引くのがわかった。

「請求書だよ、エリー」エリーが何も答えないので、ダニエルはやんわりとうながし、目を細めて彼女を眺めた。「元気かい?」

わたしがわたしでないような気分だということだけは、はっきりわかる! いつもの激しさと闘争心はどこかに行ってしまったようだ。せめて、これが一時的なことだといいけれど! 自分のしたことに打ちのめされ、自分で自分がわからなくなっている。しかも、すべてはこの人が原因なのだ!

「そのほうがいいね」深いエメラルド色の瞳に怒りがきらめくのを見て、ダニエルはゆったりと言った。「心細い顔をしたエリーなんて、ぼくにはなじみがないよ」デスクにひじをついて、からかうように続けた。

わたしだってそんな自分にはなじみがない!

「ご出発前にちょっと事務室に来ていただく時間はありますか?」エリーは硬い声できいた。

ダニエルは眉を上げた。「何のために?」

力になってくれそうにないのが見て取れた。「ふたりだけでお話しする必要があるんです」

ダニエルは探るような目でさんざんエリーを眺め、ようやくゆっくりうなずいた。「二、三分なら」

この人のすべてがしゃくにさわる。なんて情け深いの、わたしのために貴重なお時間を〝二、三分〟も割いてくれるとはね！　でも、これはベスのためなのだ。わたしの個人的な感情はしっかりしまいこんでおかなくては。

エリーはダニエルの視線を強く意識しながら、先に立って事務室に向かった。

「それで？」エリーがデスクをはさんで立つと、ダニエルはビジネスライクな口調でうながした。

エリーはまたしてもいらいらした。まったく容赦のない男だ。「ゆうべ、ベスがお話ししたと思いますけど」エリーは探るように切りだした。

ダニエルの顔にとたんに警戒する表情が浮かんだ。「ああ」愛想がいいとは言えない。

「妹はジェイムズのことをおききしたそうですね」少しじりじりした声になった。

「そうだ」それだけだった。

エリーはため息をついた。妹のためだけを思ってしぶしぶ話しているのに、ダニエルがまったく協力しないなんて最低だ。でも、それを言うなら、彼が感じのいい態度だったことなんてあったかしら？

「それで、あなたはジェイムズには何カ月も会っていないとおっしゃったそうですね」エリーはダニエルをまじまじと見つめ、反応を探ろうとした。ところが、ダニエルはダニエルたるところを発揮して、何ひとつうかがわせない。

ダニエルは間違いなく、エリーがこれまでに出会った最高に謎《なぞ》めいた男だった。でも、とエリーは思いついた——抱き合っていたときの彼は別だ。あのときの彼はわたしを求める気持をまったく隠そうとしなかった。ああ、どうしよう、わたしはまた、あのことを考えている。忘れなくては。あのときはたんに頭がおかしくなっていただけのことなのだ。

ダニエルは短くうなずいた。「そのとおり、会っていない」切り捨てる言い方だ。

予想どおりの答えだった。「それなら別のきき方をさせてください。最近ジェイムズと話をなさったことはありますか？」

ダニエルは考えるようにエリーを見つめた。そのうち、ゆっくりと広がった笑みで険しい顔がほころび、身構えた態度がやわらいだ。「座らないか？　思ったより長くなりそうだから」

つまり、この人はジェイムズと話したのだ！　ゆうべ、ベスの話から察したとおり、こちらがポイントを突いた質問をしないかぎり、ダニエルが、問題をぼかす手を見つけるのは間違いない。

エリーはデスクの前の椅子にどかりと腰を下ろし、ダニエルが反対側の椅子に座るのを待って、ふたたび口を切った。「あなたはジェイムズと話したんですか？」きっぱりした口調で答えをうながした。

ダニエルはエリーの顔をうかがった。「もし、話したとすればどうなんだ？　どうしてそんなに興味を持つんだ？」

エリーは顔をしかめた。「もちろん、わたしはベスのことが気がかりで……」

「それはいちばんの心配事だろうとも！」ダニエルは、ばかにした顔で痛烈に言い返した。

エリーはまるで本当に殴られたかのようにすくみ上がり、青ざめた。いったいこの人は何を言おうとしているのかしら？　何を根拠にこんなひどいことを？　両親にホテルを任されて以来、わたしとベスは前よりさらに固い絆《きずな》で結ばれている。ダニエルはどこから、わたしがベスのことを心配していないなんて思ったのだろう？

わたしの知るかぎり、ダニエルが来て以来、彼にそんな印象を与えることは何も起きていない。わたしとベスはふだんどおりのしっくりした関係だった。そもそも、ベスの幸せを願っていなければ、ダニエルとこんな話をすることもない！

「ぼくの言ったことが気に入らなかったんだな？」ダニエルは冷ややかに言った。「真実は人を傷つける、そうだろう？」

エリーは目を光らせた。「本当に真実ならそうかもしれないけれど、あなたの言ったことは違います。もちろん、わたしはベスのことを心配しています。ベスは……」

「ベスとジェイムズの関係はどうしようもなくこじれている――きみもよく知ってのとお

り！」なじるようにつけ足した。

おそらくダニエルが気づいている以上のひどいこじれ方だ。彼はまだ赤ちゃんのことを知らないのだから。エリーは深いため息をついた。

「あなたが少し助けてくださったら、もっとはっきり言えば、ジェイムズの居場所を教えてくれれば、わたしはもつれた関係をときほぐすのを手伝うつもりなのに」

「エリー、きみはまた人の人生に首を突っこむつもりか？」ダニエルはあざけった。「いつまでたっても、ものを学ばないのか？」げんなりしたそぶりで頭を振る。「もうたっぷりと害をふりまいているんじゃないか？」

エリーは当惑してダニエルを見つめ、やがて、やっとのみこめて言った。「ピーターのことを蒸し返しているのなら、もう一度、請け合うわ。わたしは、彼があなたの申し出を断ったこととは何のかかわりもありませんから」

ダニエルは口をねじ曲げた。「どうだかね。だが、ぼくはそんなことを言っているんじゃない。きみは当然わかっているはずだ――去年一年間、自分がどれほどジェイムズとベスの間のけんかの種になっていたか」

「わたしが？」エリーは信じられない思いであえぐような声を出した。そんなことを言われたのは初めてだ。ジェイムズとの間は何の問題もなくうまくいっていた。ダニエルは何か勘違いしているのか、そうでなければ、ジェイムズがどこにいるかという話からわたしの気をそらそうとしているのだ。そうなれば、ダニエルは知っているのだという確信がかえって強くなる。「あなたは間違っています……」

「ぼくが？」ダニエルはあざ笑った。「ぼくたちのどちらかが多くの点で間違っている。で、それはぼくじゃない！」

エリーはふいに立ち上がった。「そうね、あなたのはずはありませんね？」挑むように言った。「偉大なダニエル・サッカリーが間違いを犯すはずはありませんもの、そうでしょう？　少なくともご本人から見れば！」彼女はダニエルをにらみつけた。

ダニエルはエリーの激しい口調に少しもひるまず、平然と見上げた。「エリー、きみはそこでも間違っていると思う」かっとするほど落ち着いた口調だった。「きみこそ、きみから見ればあやまちを犯さない人間のようだ。特にベスに関してはね」

エリーは険しく眉を寄せ、じっとダニエルを見下ろした。「何のことだかわかりませんね」

ダニエルは重いため息をついた。「そうだろう。きみにわかるとは思わない」

哀れむような口ぶりにエリーはむっとした。「でも、教えてくださるんでしょうね！」けんか腰に目を光らせて言った。

ダニエルは長々とエリーの顔をうかがった。「きみはだれにでもこんなにとげとげしいのか、それとも、ぼくに対してだけなのか？」

「そういう問題じゃありません。非難されたからには、わたしはその説明を聞きたいんです」エリーはダニエルの視線をしっかりと受け止めた。

ダニエルはゆっくりと頭を振り、つぶやくように言った。「きみが聞きたいかどうかよくわからないがね」

もったいぶったその言い方にエリーはますます腹をたてた。「わたしが何を知りたいか知りたくないかは、わたしに決めさせていただきたいわね」

「その点については、きみの判断が最高とは言えないんじゃないかな」ダニエルはあざけり返した。「きみは、ぼくに抱かれたのは間違いだったと考えているようだが、ぼくはそうは思わないからね」

忘れたいことを蒸し返されて、エリーはほおにかっと血が上った。ダニエルはわたしをどぎまぎさせ、最初の問題から気をそらそうとしているのだ。そうはさせない！

「わたしたち、ベスの話をしていたんでしたね」エリーはあてつけがましく言った。

ダニエルは首を振った。「きみはベスの話をしていた。だけど、ぼくはむしろ、きみのことや、きみがぼくに示す反応について話したいんだがね」からかうように眉を上げて言う。

エリーの目が光った。「反応だなんて……」

ダニエルは立ち上がり、何をしようとしているのかエリーが察するより早く彼女の横に来ていた。エリーはふいをつかれてことばが続かなくなり、うろたえた目でダニエルを見上げた。

「きみは反応したとも」ダニエルは荒々しく言うとエリーのあごに手をかけ、ぞっとするほど彼の顔すれすれに引き寄せた。「きみは情熱的な女性だ。そして、なぜだかさっぱりわからないが、人の人生を取り仕切って自分自身の欲求には気がつかないふりをするのを楽しんでいる」

「もしも、わたしがあなたを求めているとほのめかしているのなら……」

「エリー、きみにはぼくのような人間が必要だ」冷ややかで断固とした口調だった。「さもないと、いつかきみは、目が覚めたら、自分自身の生活も家庭もないまま年老いていたと気づくことになる！　ぼくにはきみという人間がわかっている——いくらきみが、ぼくにわかるものかと思っても。ぼくがまたきみとつきあってもいいという気を起こすには、きみが、まわりの人たちのことや人間関係について、がらりと考えを変えなくてはだめだ」

「また、ですって？」エリーは憤然と言い返した。「わたしたちがつきあったことなんか一度もないじゃありませんか、二度めは言うまでもなくね！」

「つきあったさ」ダニエルはばかにした顔で言い、うなずいた。そして、エリーのあごをつかむ手を緩めて親指でそっとなでた。「ぼくたちの関係は興味深かったよ。ただ、きみに経験があったらよかったと思うけどね。本当にそう思う」彼はおだやかに続け、エリーとそっと唇を触れ合わせた。「人生には、気楽に対することだよ、エリー。そうすればたぶん、人生もきみに対して楽になる」

それがダニエルの捨てぜりふだった。次の瞬間には彼は出ていき、エリーの人生に入りこんできたときと同じように突然に消え去った。

〝人生には、気楽に対することだ。そうすればたぶん、人生もきみに対して楽になる〟ダニエルはいったい何を言おうとしたのかしら？　もちろん、わたしは人生を真剣に考えている。生きるのは真剣な仕事だ。だけど、ダニエルがそのことを言おうとしたのかどうかはよくわからない。

そのうち突然、エリーは気がついた、ダニエルは個人的な方向に話題を変えることで、ジェイムズの話を手際よく避けたのだ。なんていまいましい男！　気をそらされるまいとあれほど心に決めていたのに、まんまとしてやられた。

しかも、ダニエルは勘定を支払わずにホテルを出ていってしまった！　それにも気がつくと、エリーは自分をあざ笑ってうなった。あの男にかかると、わたしはそんなことさえちゃんとできないのだ。

「ねえ、長いことかかってやっときみを説き伏せて夕食に誘えたのに、きみは何だか浮かない顔をしているんだね」ピーターはずばりと言った。

エリーは後ろめたい気持ではっとし、テーブルをはさんで座っているピーターを見た。

「ごめんなさい」もう五分ほど前から心がはるかかなたをさまよっていた。もしも、その間にピーターが、火星人が地球に上陸したと言ったとしたら、わたしはおそらく、そうね、とあいづちを打っていたことだろう。こんなことをしていてはピーターにすまない。彼の言うとおり、何週間もくどかれたあげく、やっと初めて一緒に出かけたというのに。会話に興味を示すのが最低の義理というものだ。

だが、エリーはこの二、三日、気持が乱れていた。つまり、ダニエルが帰って以来ずっとそうだと内心では認めている。外に対してはふだん理路整然とした自分が、ダニエル・サッカリーに気持を乱されたなんて絶対に認められない。でも、実は、ダニエルに言われたことが自分を落ち着かない気分にしているのだと、ますますはっきりわかるようになっている。それに、こちらからききたいこともたくさんあるのに、どうすることもできない。

「ごめんなさい」エリーはピーターの腕に軽く触れ、すまなそうに笑った。「わたしったら完全にうわの空だったわね、認めるわ。何の話だった?」

ピーターも軽く笑った。「きみって人は、ぼくの自尊心をほとんどというか、全然くすぐってくれないんだな」ドライに言う。「でも、きみの正直さには感心するよ」

「本当にごめんなさいね、楽しい相手じゃなくて。でも、わたし、お食事は楽しんでいるわよ——正直に言って」

ピーターが選んだレストランはエリーには初めての店だった。料理もサービスも申し分なく、ピーターもいろいろと気をつかってくれている。すばらしいときを過ごしているはずだ。それなのに、ダニエルのことや彼と最後に交わした会話がなぜか頭から払いのけられない。ダニエルはあのとき、ベスとジェイムズの問題はわたしと関係があると言おうとしているようだった。

「きみの心がどこに行っているにせよ、あまり楽しいところじゃなさそうだね」ピーターはふたたびずばずばと言った。「きみは一晩中ほとんどずっと眉をひそめている」

「まあ、いやだ、そうだった？」エリーは渋い顔をした。

「まだベスのことが心配なのかい？」

「それはそうよ」

「彼女はあまり元気そうじゃないね」

ピーターが控えめに言ったのは間違いない。このところベスは一日中つわりに悩まされているようだった。その日も気の毒にほとんど横になっていたが、妙なことに、吐き気は夕方になるとおさまるらしい。ベスは夜になると起きだし、昼間はまるで病人の気分でベッドについていた。ひとりでいるほうがいいと彼女が言うので、エリーはただ思いやるだけで、ほとんど助けになれなかった。

ベスが本当に求めているのはそばにいてくれる夫なのだ。エリーは、ダニエルがジェイムズの居場所を知っているかどうかを言い逃れたのは、自分がかっとなってしまったせいだということを強く意識していた。彼は絶対知っているにきまっているのに！

「ベスはあまり具合がよくないのよ。でも、どうするのがいちばんいいのかわからなくて」でも、ピーターはわたしの問題に巻きこまれたりしたくないだろう。

「プライドはときにはとてもやっかいなものだ」

「わたしはプライドにこだわってなんかいないわ」エリーは、ダニエルに対する自分の態度のことを言われたのだと思い、言い訳をしなくてはという気持にさせられた。「ただ……」

「きみの話をしてるんじゃないよ」ピーターはおだやかにさえぎった。「ベスとジェイムズのことを言っているんだ」

まったく、わたしは何てばかなのだろう。いまいましいダニエルのせいで、何もかもごちゃごちゃだ！

「ごめんなさい。だけど、あなたは経験でわかっているみたいな言い方をするのね？」

「そうなんだ」ピーターは厳しい表情に変わってうなずいた。「ぼくはかつて、一度にすべてを手に入れたつもりだった――仕事は引く手あまただし、幸せな結婚をして女の子ができた」頭を振って続けた。「とんでもない思い違いだったよ！」

ピーターが結婚したことがあるとはエリーは知らなかった。三十代後半の男性としては、ふつうのことだろうけれど。ダニエルは結婚していない——考えようともしないのにそのことが頭に浮かんだ。まったくもう、あの人は今はまだ独身だとしても、すぐに結婚するのだ。それに、今の話とは何の関係もないじゃないの。

「何があったの?」エリーは静かにピーターをうながした。

彼は顔をしかめた。「きみも気がついたかもしれないが、ぼくは、さっき人生で大切なものを並べたとき、仕事を第一にあげた。しかも、妻も、同じようにぼくの仕事を第一に考えるべきだと、ぼくは誤って思いこんだ。仕事こそぼくたちの生活が回転する中心軸だと信じていた」ピーターは肩をすくめて続けた。「それで、妻は、二番手の存在でいるのにうんざりしたとき、さよならと言って出ていった」

「でも……」

「ぼくは彼女を責めないよ、エリー」きっぱりとした言い方だった。「そういう傲慢《ごうまん》さは結婚生活には受け入れられない——特に子どもがいる場合には。妻は、毎晩毎晩、小さな子どもだけを相手に家にこもっているのに疲れたんだ、ぼくが自分のキャリアを推し進めている一方でね」

「だけど、それがあなたたちふたりのためだったとしたら……」

「でも、そうだったかな?」ピーターは自分をあざける口ぶりで言った。「妻は結婚して何を手に入れたんだろう？　成功した夫と快適な生活かい？　だけど、現実には、まったく顔を見ない夫と、ひとりで味わうのはむなしい快適な暮らしだったんだ」ピーターは続けた。「それが、ケイトが出ていったときの彼女の言い分だった。ぼくは何カ月もそのことを受け入れようとしなかった。ケイトは、彼女が何を言おうとしたのか、いつかはぼくにもわかるだろうと言った。そのとおりだったよ。エリー、ぼくは今はわかっている——大事なのは人間関係だ。人間はそばにその人間にふさわしい人がいなかったら、何も持っていないのと同じなんだから！」

熱意のこもったピーターの話し方から、本気で言っているのは疑いもなかった。ピーターの結婚のいきさつを知っていくつかの疑問が解けたし、彼がどうしてダニエルの申し出を受け入れなかったのかも説明がついた。ピーターはすでにあらゆる成功をおさめ、引き替えに妻と娘を失ったのだ。

「奥さんやお子さんには今でも会うの？」

ピーターの口元がゆがんだ。「きみはぼくがなぜこの土地に住んでいると思う？　ふたりはこの近くにいるんだ。ケイトは今は再婚しているから、よりを戻す望みはもうない。でも、娘のローラとは今も週末に会っている。娘とはいい関係を保っていて、これからもこのままでいたいんだ」

ピーターについては疑問はすべて消えたが、エリー自身の問題は残った。プライドは危険だとピーターは言った。そして、今の場合、やっかいなのはベスのジェイムズに対するプライドだけでなく、わたしのダニエルに対するプライドも問題なのだ。彼がジェイムズの居場所を知っているのはたしかだと思いながら、プライドに邪魔されてきけないのだ。

わたしのプライドがベスの結婚生活を犠牲にしているのだろうか？　ベスとジェイムズは愛し合っているに違いないのに、だれかが早くどうにかしないと手遅れになりそうなのだから。ピーターの場合と同じように……。

「考えさせちゃったかな?」ピーターが好奇心を浮かべた目で見ていた。

エリーはうなずいた。「そうね。あなたの結婚のことは本当にお気の毒に思うわ」

「そんなふうに思わないでくれ」ピーターはおだやかに言い返した。「ケイトとは一種の友だち関係になれたし、娘とは父親としてのつきあいを続けている。悪くないなりゆきだよ……ぼくが長い間、実に自分勝手でいやなやつだったことを思えばね」

ベスとジェイムズにはまだ時間がある、だれかが助けの手を差し伸べさえすれば。それができるのはわたしだけだ、とエリーは気がついた。そして、そのためのただひとつの方法は、もう一度ダニエルに会うことだ。

8

「これはこれは、未払いの請求書をきみが自分で届けなくてはならないほど、きみのホテルが金に困っているとは知らなかったよ!」

エリーはもう少しでさっさと背を向け、その侮辱に答えもせずに出ていこうかと思った。ダニエルが簡単には話をさせないことぐらい、当然わかっているべきだった。

ダニエルに会いに出てくるだけでも簡単ではなかった。エリーが急に出かけると聞いて、ベスはひどく動揺した。だが、ホテルはまだひっそりとしたシーズンなので、エリーは昔の学校友だちに会うことを口実にした。それでも、ベスから見れば、出かけるなんてとんでもない時期なのはわかっている。ベスは今、何はなくてもエリーの精神的な支えを求めていた。だが、ベスは何も知らないけれど、それこそまさにエリーがしようとしていることなのだ。

ダニエルは、ベルが鳴るとすぐに自分でドアを開け、エリーをどぎまぎさせた。ダニエルの家には使用人がいるものと彼女は思いこんでいたのだ。ところが、彼は突然、目の前に立っていた。最後に会ってから四日たっても、いやみな態度は少しもやわらいでいない。

「支払いの話で来たんじゃありません」エリーはとげとげしく言い返し、挑むようにダニエルと視線を合わせた。

「違うのか？」彼はぐいと眉を上げた。「ぼくたちにはほかに話すことなんてあるのかな？」

エリーは気持を抑えるために深く息を吸った。「あると思います。わたしは……」

「長くかかりそうか？」ダニエルはいらいらした目で腕時計をちらりと見た。「三十分後に仕事で人に会うことになっている。車で出かけなくてはならないんだ」

エリーも自分の時計を見た。夕方の六時半に仕事の約束ですって？　ダニエルがオフィスから帰っていると思う時間をわざわざ選んで訪ねたのに。彼が仕事から帰っていないほど早くはなく、そうかといって、彼と一緒に夜を過ごすのを期待していると思われるほど遅くはない時間を選んだのだ。そんなふうに思われるのはまっぴらだ！

「わかりました」エリーは渋い顔で言った。「それなら、あしたお会いする時間を決めてくださいませんか？」ロンドンには長くても二日しかいないつもりだった。ダニエルがジェイムズの居場所を教えてくれたら、直接、会いに行くのに足りるだけのぎりぎりの時間だ。でも、今ダニエルにきいても、教えてくれるとはとても思えない。ベスのことや彼女が妊娠していることを説明する時間が必要だ。

「今晩では都合が悪いのか?」ダニエルは気のない調子で言った。「エリー、とにかくちょっと入ってくれ。まだ出かける支度ができていないのに、今にも運転手が迎えに来る時間なんだ」

エリーは、ダニエルのアパートなら贅沢《ぜいたく》なものに違いないと思っていた。ところが、ホテルの部屋とは違って、彼の住まいにはもっとずっと生活感があった。居間には身のまわりのいろいろなものが散らかり、ディナー・ジャケットが椅子に投げだされている。ダニエルは真っ白なシャツの上にそのジャケットをはおり、鏡の前に行ってタイを整えた。

エリーは不審な気持で眉をひそめた。「仕事で人に会うっておっしゃったと思いますけど?」

「アペリティフを飲むのに一晩中はかからない」ダニエルはそっけなく答えた。「それに、仕事の話は一時間以内には終わるから、そのあと食事をしようと思っている。きみも来てもいい」

あまり丁寧な招きとは言えない。でも、この前の別れがぴりぴりしたものだったことを思えば、ダニエルとしてはこれでも最高に丁重にしているのだろう。それに、こちらには選択の余地はないのだ。

エリーの顔で感情が闘うのを見て、ダニエルはにやりとした。「ふたりで食事をするほうがよさそうだな。ますます好奇心をそそられてきたよ。きみの一部は、ぼくにくたばれと言いたいらしいのに、別の一部が我慢させ、ぼくの招きを受けさせようとしている。イエスと言うんだね、エリー」ダニエルは彼女の肩を軽くつかみ、うながすような目で見下ろした。「ほかに何も収穫はなくても、おいしい料理は食べられるさ」

エリーは、ハンサムすぎるほどハンサムなダニエルの顔を見上げた。いたずらっぽい表情が浮かび、目には温かさがあった。

「さあ、エリー」ダニエルはじりじりした声で催促した。「きみが決心するのを一晩中待っているひまはない。ぼくは……」玄関のベルが鳴り、彼は言いかけてやめた。「運転手だ。さあ、イエスかい、ノーかい?」エリーがなおもためらううちに、またベルが鳴った。ダニエルはいらいらした目でドアをちらりと見た。「出てくれないか? ぼくは寝室からブリーフケースを取ってこなくちゃならないから」彼は、エリーが言われたとおりにするものと信じているようすで、さっさと居間から出ていった。

いかにも彼らしいと思いながら、エリーはドアを開けに行った。どうやらダニエルのミドル・ネームはアロガンス——すなわち傲慢《ごうまん》、らしい。でも、彼を責めるわけにもいかない。ダニエルは明らかに人に命令を下し、それが実行されるのに慣れている男なのだ。

それにしても、戸口に例のダーリンが立っているとは、エリーは思いもしなかった! ダニエルは仕事の約束のために運転手が迎えに来ると言っただけで、その運転手があのブロンド美人だなどということはまったく感じさせなかった。

「こんばんは」女性はにっこりと笑いかけた。ひざまであるスカイ・ブルーのシルクのドレス姿で、エキゾチックな美しさをただよわせている。「ダニエルは支度ができています？」

エリーはどう答えたらいいのかわからず、黙って女性を見つめた。この人はほかの女性がドアを開けたのを少しも変だと思わないのかしら？　もし、わたしが彼女の立場だったら、わたしはこんなににこやかに笑うことなどできない。

「できていると思いますけど」やっとぶっきらぼうに言った。「今、あの、寝室にブリーフケースを取りに行ったところです」寝室ということばを口にすると同時にほおが染まった。ばかばかしい。ダニエルの寝室になんか近づいたこともないのに！

「よかった」女性はうなずき、首をかしげてエリーを見た。「どこかでお会いしましたかしら？」

ホテルで見かけたかもしれないだけで会ったことになるとは思えない。それに、彼女と個人的な会話をするのは気がすすまなかった。

「そんなことはないと思います」エリーはさらりと打ち切った。「お入りになりません？ダニエルはすぐ来ると思いますわ」そう願いたいものだ。話題もないのに長々とこの人と待たされたくない。

「ところで、わたし、ジョアンです」居間に入ると、女性は礼儀正しく手を差しだした。

「エリーです」エリーはそっけなく答え、ダニエルが姿を消した寝室の方に不安な目を走らせた。

「正式にはなんておっしゃるの？」ジョアンは優雅な身のこなしで椅子に腰を下ろしながらきいた。

エリーは渋い顔をした。自分に名前をつけたとき母が何を考えていたのかはさっぱりわからないが、背が高くて赤毛の娘を思い描いていなかったのはたしかだ。「ジゼルです」小さな声でしぶしぶ言った。

ジョアンはまたにっこりした。「何てすてきな名前」

でも、わたしのような背丈や髪の色の女性には、とてもふさわしいとは言えない。だからこそ、少し大きくなると、すぐにエリーと呼ばれるようになったのだ。

「何のことだ？」

戻ってきたダニエルに興味津々の目を向けられて、エリーはひそかにすくんだ。わたしの名前が不釣り合いなことで皮肉を言われるにきまっている。

ジョアンはなめらかな身のこなしで立ち上がり、ブロンドの髪が肩に流れた。「ジゼルっていう名前のことを話していたのよ、ダーリン。きれいな名前だわ」

エリーは――ジゼルは――皮肉を言うなら言えばいいと挑みかかる顔でダニエルを見た。

「そうだね」ダニエルはしばらくしてやっと言い、いたずらっぽい目つきで長々とエリーの視線を受け止めた。

エリーはその目を反抗的に見返し、もっと言わせようとした。だが、ダニエルは観客の前ではそれに乗る気はないようだった。

「きみはここで待っていてもいい」ダニエルはたんたんと言った。「ぼくは長くはかからないし、あとの時間の節約になるからね」

ここで待つですって？　ダニエルのアパートで？　彼はよく知らない人間を家に残しても平気なのかしら？　ダニエルが外出しているのに自分がここにいるというのは、エリーにはとても奇妙に思えた。だれかが電話をかけてきたら、もっと悪い場合、実際に人が訪ねてきたら、どうなるだろう？　いったい、わたしは……？

ダニエルは、またしてもいらいらした口調で言った。「ぼくは本当にもう行かなくてはならない。どうするかはぼくが帰ってきたときに決めよう」いつもの高飛車な態度で言い切り、ブリーフケースの中の何かを捜し始めた。

「お会いできてうれしかったわ、エリー」ジョアンはあいかわらずにこやかだった。

エリーは、自分が同じ目に遭った場合、彼女のように度量の大きさを見せられる自信はなかった。

「こちらこそ」落ち着かない気分で答えた。

「たぶん、またお目にかかれるわよね」ジョアンはさらに言った。「土曜日の結婚式でお会いできるかしら?」

エリーは彼女をまじまじと見ずにはいられなかった。つまり、ジョアンはダニエルとアンジェラの結婚式に出席するのかしら? ダニエルの私生活は、たんにこみいっているだけではない。まるで謎《なぞ》と策略に満ちた迷宮だ。わたしがその中に組みこまれていないのは本当によかった!

「そんなことはないと思います」エリーは話を打ち切るような言い方をした。

「ジョアン、いいかい?」ダニエルは捜し物に気を取られていて、ふたりの話が耳に入らなかったようだったが、やっとブリーフケースを閉じた。

「コーヒーをいれるのに必要なものはキッチンに揃《そろ》っている」今度はエリーに言った。

「もっと強いものがよければ、そこにバーがあるから。ぼくは一時間ぐらいで戻る」そして、エリーに何も言わせずにさっさと出ていった。

エリーは落ち着かない気分であたりを見まわした。ダニエルが出かけているのに自分がここにいるというのが何だか気に入らない。あまりにも親密に思える状況だ。でも、彼が平気なら、わたしが気にする必要はないじゃないの。ダニエルのフィアンセが電話をかけてきたり、訪ねてきたりしなければの話だけれど! この前電話を受けたとき、アンジェラはひどくつんつんしていた。あの人と顔を合わせるはめにはなりたくない。特にダニエルのアパートで会うなんてごめんだ。

ただじっと座っているというわけにもいかず、エリーはコーヒーをいれるのも悪くないと思った。待つ間の時間つぶしにもなる。せっかく自分をふるいたたせてダニエルに会いにやってきたのに、話し合いが遅れたおかげで、いささか気が抜けてしまった。コーヒーはおいしかったが、二杯めを飲み終えてやめた。飲みすぎると神経がぴりぴりしてしまう。今だってもう十分に不安なのに。

電話はまったくかかってこなかった。ところが、ダニエルが出かけてから三十分ほどたったとき、玄関のベルがけたたましく鳴り、最悪の心配が現実のものとなった。アンジェラかしら? まさか、ダニエルは、ジョアンと出かけたあと、その晩のうちにフィアンセを呼ぶほどのまぬけのはずはない。でも、彼は傲慢な男だから……。いいえ、そんな、いくら彼でもそこまで傲慢ではないだろう。

うろたえた考えが頭の中を駆けめぐっているうちに、ふたたびベルが鳴った。エリーは不安におののきながらドアを開けに行った。

ドアの向こうに立っていたのは、エリーの予想とはいちばんかけ離れた人物だった。同時に、大問題がそれで解決したのだけれど……。

「エリー!」ジェイムズはあえぐような声を出した。彼も驚きを隠せず唖然《あぜん》としていた。

少なくともこれでわかった――ダニエルは、ジェイムズがベスと別居したあと、彼と話したことがあるのだ。エリーもあまりの驚きで、とりあえず頭に浮かんだのはそれだけだった。

ジェイムズもベスに劣らず顔色が悪くやつれていた。一月ほどのうちに体重が減り、顔がやせこけて、目や口のまわりにしわが刻みこまれている。ベスと同じように不健康で不幸せに見えた。そうとなれば、今ふたりが陥っている状況は、ますますばかばかしいものに思えてくる。

「入ったほうがいいわ、ジェイムズ」エリーはドアを支えて言った。

ジェイムズは動こうとしなかった。「ダニエルと話したかったんだ」こわばった声だった。

「わかっているわ」エリーはおだやかに答えた。「彼は出かけているけど、じきに戻ると思うの」腕時計を見て続けた。「そろそろ帰るころよ、さあ、入って」ジェイムズが逆らいそうなのを察して、エリーは先を越してさらに言った。「ベスはあなたを恋しく思っているのよ」

ジェイムズはいっそう青ざめ、ほとんど土気色に見えた。ベスの名前が出たのがあまりにもつらかったようだ。まったく、こんなことはばかげている。彼は明らかにベスを恋しく思っているのだ。ベスがジェイムズを恋しがっているのと同じぐらい強く！

「入ってちょうだい、コーヒーをいれるわ、もっと強いものもあるし。わたしと話をしても、あなたの害にはならないでしょう」エリーは、まだ中に入ろうとしないジェイムズをうながした。

「もちろん、そんなことはないけど……」ジェイムズは、どこかいらいらした感じだった。

「ベスの話をもっと聞きたくないの？」エリーは誘いをかけた。

「きみはフェアなゲームをしたためしがないね」ジェイムズはうなるように言い、やっと中に入った。

「わたしはゲームなんかしていないわよ」エリーは彼がグラスを取ってウィスキーを注《つ》ぐのを見守りながら静かに言った。ジェイムズはここのようすを完全に心得ている。何度も来たことがあるのだ。まったくダニエルときたら！　先週、本当のことを言ってくれたら、どんなにかベスの苦しみを軽くできたのに。「わたしはめったにそんなことはしないわ。あなたにはわかっているはずよ」

ウィスキーを少し飲み下すと、ジェイムズのほおにいくらか血の気が戻った。「飲まずにいられないよ。きみを見てショックだった。しかも、よりによってここで会うなんて」

エリーは眉を上げた。「もちろん、ダニエルは、うちのホテルに来たことをあなたに話したんでしょうね？」

「まあ……それは聞いた。でも、彼は……。つまり、きみたちがこんなに親しくなったとはちっとも知らなかったよ」ジェイムズは険しく眉根を寄せた。

エリーと年齢の近いジェイムズは人を惹《ひ》きつける男性だった。黒い髪が少し長くなりすぎ、ブルーのシャツと脚にぴったりしたジーンズが、前よりやせた体に似合っている。彼とはとてもうまくいっているとエリーはずっと思っていた。でも、今のジェイムズは明らかにエリーといるのをいやがっている。たぶん、彼にほかの女性がいることと関係があるのだろう。そうはいっても、ジェイムズがひどく具合が悪そうなのは、まだベスを心にかけているからに違いない。

「ジェイムズ、ダニエルとわたしは親しくなってなんかいないわ」エリーはずばりと言った。「わたしがここに来たのはあなたの居場所を教えてもらえるかと思ったから、それだけよ」

「その気になれば彼は何日も前に教えられたのだと考えると腹がたった。

「ぼくが彼に教えないように頼んだんだ」ジェイムズは抑揚なく言った。

エリーは眉をひそめて彼を見た。「でも、ダニエルは、ベスがとても具合が悪そうだったってあなたに話したに違いないと思うけど？　それに、彼女にあなたのことをきかれたことも？」

「うん、それは聞いた」重苦しい声だった。

「それで？」

ジェイムズは深いため息をついた。「ぼくにわかるかぎり、事情はちっとも変わっていない。まったくもう、きみがここに来たということ自体がその証拠なんだ！」

エリーは眉をひそめ、首を振った。「わたしにはわからないわ、ジェイムズ」

彼は苦い笑いを浮かべた。「きみは一度もわかったためしはなかったよ」

「じゃあ、教えて」エリーはジェイムズの腕に軽く触れ、力づけるように言った。「明らかにとても愛し合っているふたりが、どうして一月も別居しているのか、わたしにはさっぱりわからないから！」

「ベスはきみに何て言った？」

ベスから聞いたのは、ほかに女性がいるとかいういい加減な話だけだし、そんなことはいまだに信じられない。それに、ジェイムズを非難しようとしていると思われたら、話の出だしとしてはあまりうまくない。

「ほとんど何も」正直に答えた。「ある日突然、あなたはホテルから消えてしまったんですもの。ベスはあのとき何も説明する気分じゃなかったのよ。いまだにそのままなの」かたくななベスを思い起こして、エリーは渋い顔をした。

ジェイムズはぎごちなく息を吸った。「エリー、ベスの体の具合は本当はどうなんだ？ダニエルの話ではあまり元気には見えなかったそうだけど」

「座りましょうよ、ジェイムズ。楽にして話しましょう」それに、今のようなウィスキーのあおり方をしていては、ジェイムズは早く腰を下ろさないとたおれかねない。

彼は一瞬ためらってから椅子に浅く座った。そして、両手にグラスをはさんで、半分残っているウィスキーをむっつりと見つめた。

「あなたは今は何をしているの？　仕事はしているの？」ジェイムズはホテルの運営にかけてはとても力になってくれた。

「している」そっけない返事だ。

「どんなことを？」

「ねえ、ぼくたちはベスの話をするんじゃなかったのか。きみは彼女のようすを教えるって言ったじゃないか」ジェイムズはエリーをにらんだ。

「ベスはひどい状態よ。あなたはいったいどうだと思っていたの？」

「ああ、なんてことだ！」ジェイムズは椅子に深く体を沈めた。

「ジェイムズ、何が問題なのか教えて」エリーは心をこめて言った。「わたしでも助けになれるかもしれないわ」

　返事は苦い笑い声だった。ジェイムズの目にはあざけりがこもっていた。何がそんなにおかしいのかしら？

「皮肉だね」彼はばかにした態度で頭を振りながら続けた。「ひどい皮肉だよ。だって……」玄関で鍵《かぎ》がまわる音が聞こえるとともに声がとぎれた。

　ダニエルが帰ってきたのだ。もっと遅くなればよかったのにとエリーは思った。ダニエルの前ではジェイムズはわたしと話そうとしないだろう。

「ほら、遅くならなかっただろう……」入ってきたとたんにダニエルの声も消えた。彼はひとりだった。「ああ」一目で状況をのみこんだらしい。ダニエルはエリーに挑むような目をちらりと走らせ、ジェイムズに手を差しだした。「また会えてうれしいよ、ジェイムズ」

「やあ、ダニエル」ジェイムズはぶっきらぼうに答えた。「エリーと、その、話をしていた」

ダニエルはブリーフケースを置いて、グラスにウィスキーをたっぷり注いだ。「何かおもしろい話題でも？」さらりと言いながら、ひじかけ椅子に腰を下ろした。

エリーにしてみればおもしろいどころではなく、重大な関心事だった。もう少しで、なぜジェイムズがあんなにふいにベスをおいて出ていったのかわかるところだったのに！それなのに、ダニエルが戻ってきたおかげで、ジェイムズはまた貝のように口を閉ざしてしまいそうだ。

「別に」ジェイムズはそっけなく言い切り、落ち着かないしぐさで立ち上がった。「きみに大事な用があったわけじゃないんだ、ダニエル。だから、きみたちの楽しい夜を邪魔しないように、ぼくは……」

「帰らせないよ」ダニエルはきっぱりと言った。

「エリーとぼくは夕食をつくるところだったんだ。きみも一緒に食べるといい」誘うというよりは命令する調子だった。

エリーはダニエルを見つめた。夕食をつくるですって？　そんなことは初耳だ！　外に食べに行くのだと思っていたのに。思いがけずジェイムズが現れて本当によかった。ダニエルのアパートで彼とふたりだけで食事をするなんてまっぴらだ。

ジェイムズはダニエルの強い口調にも動かされないようだった。「ぼくは……」

「だめだよ、ジェイムズ。ぼくと夕食を食べるなんて久しぶりじゃないか」ダニエルはやんわりとさえぎった。「食事をすませてから、今度の件をみんなで徹底的に話し合って解決できるかもしれない。ジェイムズ、エリーがわざわざここまで来たのはきみに会うためだったんだよ。たまたま、もう会えたけどね。せめて愛想よく迎えてもいいだろう」ダニエルはうむを言わせない目つきでつけ足した。

ジェイムズは反抗的な顔でしばらくダニエルをにらみ、やがて、やっと譲った。「いいよ、きみの狙《ねら》いはわからないがね」

「ぼくは何も狙ってなんかいないさ。瀬戸際に立っているのはきみの結婚なんだから。きみは何とかしたいんだろう？」ダニエルは荒々しく言い返した。

ジェイムズは目に見えてしおれ、つぶやくように言った。「知っているじゃないか」

「じゃあ、まず何か食べることだ。そうすれば、おそらく気分も静まるよ」

エリーは、ダニエルが帰ってくる前にジェイムズが言ったことを、まだ何だかふしぎに思っていた。あとで少しははっきりするといいけれど……。

ダニエルとふたりで食事の支度をするのはとても妙な経験だった。キッチンは贅沢なつくりで、考えられるかぎりのモダンな器具が揃っているようだった。ジェイムズはほとんどキッチン・テーブルの前に座りこみ、ステーキと一緒に飲むはずの赤ワインをひとりで先に飲んでいた。

「彼はいつからあんなふうなの？」ジェイムズがまたワインを注ぐのを見て、エリーはそっとダニエルにきいた。

ダニエルはちらりと彼に目を向けた。「何週間もだ。これで、ぼくがきみのホテルに行く気になった理由がわかっただろう。オズボーンと話をするためなら、ほかの者を行かせられたさ。ぼくは自分の目でいったい何が起きているのか見たかったんだ」

「それで？」

ダニエルは肩をすくめた。「あとで話そう」

彼がこうと決めれば人は従うんだわ、とエリーはじりじりした気持で悟った。でも、今はダニエルに取り仕切らせるよりしかたがない。結局のところ、わたしの願いはかなったのだ。じきにジェイムズと話せるのだから。彼がそれまで話ができる程度にしらふでいればのことだけれど――またまたグラスを空けるジェイムズを見て、エリーはそう考えた。

ダニエルはとても有能なコックだった。むろんピーターのレベルとは違う。でも、ステーキの焼き具合も、つけ合わせのマッシュルームと玉ねぎも完璧《かんぺき》だったし、サラダのドレッシングは、エリーには初めての味わいだった。

「秘密のレシピさ」ダニエルはエリーの顔を見て言った。

「瓶詰めにして売り出すべきだわ。一財産できるわ」エリーも言い返した。

「メモしておいてくれよ、ジェイムズ。エリーにほめられたのは、これが初めてなんだから」エリーが口をはさもうとすると、ダニエルはさえぎって続けた。「言わないでくれ、たぶん最後だっていうのもわかりすぎるほどわかっている」からかう顔でエリーを見て言った。

「わたしが言おうとしたのは、あなたがほめるに値することをしたのが初めてだっていうことよ！」

ダニエルはふきだし、感心した目つきでエリーを見た。「きみは驚くべき人だよ。ほんの少しの間に、ぼくを悩ませ、怒らせ、欲望をあおり、その上、笑わせたたったひとりの女性だ」

「きみはエリーと結婚すべきなんじゃないかな！」ジェイムズがばかにした言い方で口を出した。ダニエルとエリーが何とか食べさせようとしたにもかかわらず、彼はほとんど料理に手をつけていなかった。

ダニエルは険しく目を細めてジェイムズを見た。「そうかもしれない」しばらくしてやっと、彼は挑戦的にジェイムズの目をとらえ、ゆっくりと答えた。「エリーは、きみがぼくに思いこませたような女性とはまったく違うじゃないか」

エリーは眉をひそめてふたりを見た。ふたりがわたしの話をしたことがあるなんて、まったく知らなかった。いつのことかしら？　ダニエルがホテルに来る前、それとも、ロンドンに戻ってきてから？

ジェイムズはふいに乱暴に椅子を引いて立ち上がった。「つまり、彼女はきみもだましたんだな？」うんざりした口ぶりで、舌が少しもつれている。「じゃあ、ぼくはあきらめて帰ったほうが……」

「座れよ、ジェイムズ」ダニエルはおだやかに、でも、がんとして言った。

「だけど……」

「座れと言ったんだ」

ジェイムズは風船がしぼむようにふたたび椅子に沈みこんだ。「きみたちはとても親しそうじゃないか」なじる口調でつぶやいた。

エリーはふたりのやりとりに唖然としていた。ジェイムズの怒りは、どうやらほとんどがわたしに向けられているらしい。でも、どうしてだかさっぱりわからない！

「ぼくが望むほどじゃない」ダニエルはむっつりと言った。「だが、この騒ぎが解決されれば、もっといい関係になれるかもしれないな」彼は、どうだろうという顔でエリーの方を見た。

　エリーはまったく話の筋をたどれなかった。ダニエルとわたしが親しくなるなんて、そんなことがあるはずはない。この人は週末には結婚するというのに！

「こんなことになるなんてぼくには信じられない」ジェイムズはふたたび立ち上がった。「ぼくがあんなに何もかも話したのに……」

「その〝何もかも〟の解釈の仕方で、きみはいささか、かたよっていたかもしれないと思わないか？」ダニエルはやんわりと言った。

　ジェイムズは口元をゆがめた。「この一カ月、妻と別れてロンドンにいるのは、ぼくだと思うがね」

　ダニエルは肩をすくめた。「それはきみが選んだことじゃないか」

　ジェイムズはよろよろとテーブルから離れ、だれにともなく繰り返した。「こんなことは信じられない」おそらく自分に言ったのだろう。彼は酔いが回り、ひたすらみじめな気分に落ちこんでいた。「ぼくはもう、いつまで我慢できるかわからない。〝エリーが出られないんだから、わたしたち、結婚式をキャンセルしなくちゃ〟、〝エリーをひとり残して休暇に出かけるなんてだめよ〟、〝エリーと相談しないでホテルのことを変えたりできないわ〟、〝よそで働くのはだめよ、そんなのエリーに悪いもの〟、悪いだってさ！」ジェイムズは向きを変え、怒り狂った顔でエリーをにらみつけた。「ベスはぼくと結婚したんだ、きみとじゃない――だれもそうは思わないだろうがね。彼女はいつでもきみの幸せを、ぼくの幸せやぼくたちの結婚生活の幸せよりも上においているんだから」

エリーは唖然としてジェイムズを見つめた。彼が怒りに任せてことばを叩《たた》きつけるうちに、エリーの顔はどんどん青ざめていった。ジェイムズが自分に見せていた表の顔の陰に、それほどの恨みがひそんでいたとは思いもかけなかった。

エリーの愕然《がくぜん》とした顔をちらりと見て、ダニエルがふいに立ち上がり、エリーを後ろにかばうようにしてジェイムズと向き合った。「もう十分だ、ジェイムズ……」

「十分なものか。まだまだだ！　ぼくは……」ジェイムズが口をつぐんだというよりは、声がすっと消えた。体が急にしぼんだように見えたかと思うと、彼はゆっくりと床にくずれ落ちた。

ダニエルは冷静にジェイムズを見下ろした。「酔いつぶれた」うんざりした声だった。

エリーはじっと立ったままだった。動けなかった。ジェイムズに責め立てられているうちに、ふいに悟ったのだ――ベスが言っていた〝ほかの女性〟とはわたしだった、と。わたしこそ、ベスの結婚が破れた原因なのだ！

9

「酔っぱらいのたわごとをあまり気にすることはないと思うね」ダニエルは青ざめたエリーの顔を見て言った。

エリーは首を振った。「たわごとじゃないわ。それに、あなたは、ジェイムズの言ったことは前に聞いたことがあるんでしょう」なじる目つきでダニエルを見上げた。「彼がわたしをそういうふうに見ていたのを、あなたは知っていたのよ」彼女はふいに立ち上がった。「信じられない！　わたしはずっと思っていたわ……知らなかった……」感情が高ぶって声が続かなくなり、ダニエルから顔をそむけた。完全に打ちのめされ、涙があふれているところを見られたくなかった。

「エリー……」

「触らないで！」エリーは目を光らせて向き直った。「先週ホテルに来たとき、あなたは信じこんでいたのよ……」

ダニエルは手を差しだしたが、エリーがあとずさりするのを見て、その手をだらりと下げた。「もう、そんなことは信じていない」かすれた声だ。

エリーは挑戦的な態度で頭をそらした。「そう? いったい何で気が変わったのかしらね?」そのときジェイムズがうなり、彼女はことばを切って、いらいらした目で彼を見やった。

「ジェイムズをベッドに連れていって寝かせよう。そうすれば、ぼくたちはまともに話ができる」

「話すことなんて何もないわ、わたしたちの間には」エリーは冷ややかに言い切った。

「ぼくはそうは思わない」

「あなたがどう思おうとかまうものですか。このありさまでは、今晩はジェイムズと話をするのもむりのようね。さあ、寝室はどっちなの?」エリーは、今はぐったりと椅子に沈みこんでいるジェイムズを引っ張って立たせようとした。

ダニエルは何も言わずにしばらくエリーを見たあと、ひとりでジェイムズをかつぎ上げた。「ジェイムズは酔っているんだよ、エリー」寝室に向かって歩きながら、ダニエルはおだやかに言った。「あした酔いがさめたら、言ったことを後悔するとも」まるで、自分がジェイムズを後悔させてみせると言わんばかりの口ぶりだった。

エリーははねつけるように首を振った。「彼の言ったことを考えれば、だれかがもっと前にはっきり口に出すべきだったと思うわね」もっともっと前にだ! ジェイムズがベスと結婚する前からわたしを恨んでいたのは明らかだ。そして、その恨みは薄れるどころか、ますますひどくなっていたのだ。

でも、ジェイムズの〝たわごと〟を聞いた今、そんなふうに感じたのは彼だけが悪いとは言えない。ただひとつの言い訳は、ベスが姉の希望を――姉の希望だと思いこんでいたことを――夫の希望よりはるかに上においていたなんてまったく知らなかったという点だ。知っていたら、そんなことはさせなかった。でも、現実には何も気がつかず、どうやらそれが、ベスとジェイムズの結婚生活をひどく傷つけてしまったのだ。まだ取り返しはつくと願ってはいるけれど……。

ダニエルとエリーは、予備の寝室らしい部屋にジェイムズを寝かせた。ジェイムズは依然として身動きもせず、大きな息づかいが今にもいびきに変わりそうだった。ダニエルはいらいらした手つきでジェイムズの靴をぬがせ、いい加減にふとんをかけると、さっさと部屋を出た。

エリーはそっとドアを閉め、ダニエルのあとを追うよりしかたがなかった。ジェイムズが気がつくには何時間もかかるだろうし、おそらく、そのときにはものすごい頭痛に襲われているだろう。

「コーヒーを飲もう」居間に戻ると、ダニエルはむっつりと言った。「今晩はワインはもう十分だ」

エリー自身は何もほしくなかった。「わたしは失礼するわ。近くのホテルに部屋を取ってあるの」もう十一時に近く、ふつうならホテルに入る時間ではないが、ここはロンドンだからかまわないだろう。あした家に帰るまでによく眠っておきたい。少しでも早くベスと話し合うのがみんなのためだ。

「手際がいいね。じゃあ、ここに泊まる気はないんだな?」ダニエルは眉をぐいと上げてみせた。

エリーは顔をしかめた。「もちろん、そんな気はないわ!」ぴしゃりと言い返した。

ダニエルは肩をすくめた。「ただ、泊まるかと思っただけさ。ここなら邪魔が入らないだろうからね。今までは何度も邪魔が入ったようだったから」

そんなに何度も彼に抱かれたわけでもないのに。エリーはうんざりした顔で首を振った。

「今晩はもう泊まり客がいるじゃないの。いつもなら女性でしょうけどね」皮肉をこめて言った。

「エリー、しばらく休戦しようじゃないか」ダニエルはからかうような言い方をやめた。豊かな髪を手ですく彼の顔はげんなりしていた。「コーヒーを一杯飲んだからって害はないだろう。何ともひどい晩だったんだから」

結局、コーヒーはエリーがいれた。「仕事の話がうまくいかなかったの?」できあがったコーヒーを注《つ》ぎながら彼女はきいた。

「仕事の話？」ダニエルは一瞬まごついた顔をしたが、すぐにさらりと答えた。「ああ、そっちはうまくいった」

「またどこかを買収するとか？」エリーはバーの椅子にダニエルと並んで腰を下ろし、軽蔑《けいべつ》した調子で言った。

ダニエルは顔をしかめ、マグの縁越しにじっとエリーを見てゆっくりと言った。「エリー、きみはぼくが気にくわないんだな？」まるで初めて思いついたような口ぶりだった――しかも、それがおもしろくないらしい。

ダニエルが気に入ったとか気に入らないとかいう問題ではないのだ。すでにわたしは、危険なほどこの人に惹《ひ》きつけられている。彼の女性関係を考えれば、惹きつけられているというだけで正気のさたではない！

もちろん、わたしはこの人が好きだ。愛している――そこまで考えて、突然、エリーの意識は止まった。愛しているですって？　わたしはダニエル・サッカリーを愛してなんかいない！　そんな……？

「エリー、どうしたんだ？」ダニエルはふいに青ざめたエリーを見て、心配そうに眉をひそめた。「ジェイムズは飲みすぎたんだ。だから、さっきあいつが言ったことは気にしすぎないことだよ」彼はエリーの横に立ち、いたわりをこめて肩を抱いた。「朝になればあいつは後悔するさ。エリー、そんな顔をしないでくれ！」うめくような声で言うと彼女に顔を寄せた。

こんなことはあってはならない。エリーの頭に最後に浮かんだ考えはそうだった。それなのに、初めはそっと、ついで荒々しくダニエルに唇を合わせられると、それこそ、自分が何よりもしてほしくてたまらなかったことだとわかった。

エリーが応じるのを感じると、ダニエルの荒っぽい動きは消えた。彼の唇はやさしくエリーの口を探り、心臓の鼓動は太鼓のように彼女の胸に轟《とどろ》いた。

わたしたちはいつもこうなってしまう。エリーはひそかにうなる思いでそう考えた。ダニエルの手の中に胸をそっと包みこまれて脚の力が抜けそうになる。ダニエルの口はまだエリーの唇を奪い続け、舌を中までもぐりこませて、彼女の気持に負けない激しい欲求を伝えた。

一瞬のうちにエリーの体に火がつき、どうしようもない熱さが頭のてっぺんから足の先まで全身を駆けめぐった。

「エリー、きみがほしい」ダニエルはうめくように言った。「きみを抱きたい。ふたりとも、まともにものが考えられなくなるまで！」

エリーはすでに頭が働かなくなっていた――拒もうという考えはまったく浮かばなかった。わたしはこの人を愛している、ほかのすべてを忘れるほどの情熱をこめて愛している。

ダニエルはエリーのほおの両側を手に包んで、彼女の目の奥をのぞきこんだ。「今夜はぼくといてくれ、エリー」声がかすれた。「後悔させないと約束するから！」

でも、後悔するにきまっている——ダニエルには理解できないほど強く後悔するだろう。

それでも、その瞬間、エリーはかまわなかった。かまわない、それだけだった！

「ああ、ダニエル、わたし……」どこからか、どすんという音が聞こえて、声がとぎれた。

一瞬、何だかわからず、ついで、何かが壊れるような音がした。「ジェイムズだわ！」

「ちくしょう！」ダニエルはエリーを放すのを渋った。

「怪我《けが》をしたかもしれないわ」エリーは心配そうに言った。

「首を折ったとしても自業自得だ！」ダニエルは憤然と言い、心配するようすはまったくなかった。

エリーはダニエルの腕から離れた。「彼はあなたのお友だちでしょう」

「やっかいの種さ」またしても音が聞こえた。「気分のよくなる音だよ」ダニエルは腹だたしげに言うと、ずかずかと出ていきかけて、戸口でふり向いた。「エリー、帰らないでくれ」

すぐに出ていくつもりはなかった。でも、ジェイムズが怪我をしていないのがはっきりしたら帰ろうと思っていた。ダニエルとの間に生まれたつかの間の親密な雰囲気は砕け散り、取り戻すすべもない。あんなことは、そもそも始まってはならなかったのだ。もうすぐ結婚する予定の男と体の関係を持つなんて、とんでもない。

「まったくジェイムズのやつときたら！」ダニエルはエリーの表情を読んで言った。「帰るとしても、せめて話し合ってからにしてくれ」

ダニエルと話すことなんて何もない。わたしはもう少しでまたしてもあやまちを犯すところだった。ほかのあやまちなら正すこともできるけれど、ダニエルとベッドを共にしたりしたら、取り返しがつかないことになる。そんなことをしなくても、わたしにはすでに解決しなくてはならない問題がたっぷりあるというのに。

エリーのがんとした顔を見て、ダニエルは深いため息をついた。「ぼくたちは話をする必要があるんだ、きみはそんな必要はないと思っても」

「今はそんなことはしていられないわ、ジェイムズのことのほうがずっと大事よ」声がしわがれた。

「わかったよ」ダニエルはげんなりした声で言うと、エリーの先に立ってジェイムズを寝かせた部屋に向かった。

ジェイムズは、目を覚まして起き上がろうとし、ベッドサイドの明かりを床に落として壊したようだった。ダニエルとエリーが入っていったとき、彼は床をはい、立ち上がろうとしていた。

「どこに行くつもりだ？」ダニエルはジェイムズをベッドにかけさせながら荒々しく言った。

「気分が悪い」ジェイムズはうめき、青ざめた顔でダニエルを見上げた。

「バスルームに連れていかなくちゃ。早く!」吐き気が迫っているのを察して、エリーは慌てて言った。

ダニエルとエリーは力を合わせてジェイムズを隣のバスルームに連れていき、どうにか間に合った。

ダニエルはうんざりした顔でエリーに言った。「きみは向こうで待っていたほうがいい。ふたりでこんな目に遭わされることはないよ」

エリーは待つ間を利用して食事のあと片づけをした。ダニエルが戻ってこないうちに帰りたい気持はあったが、それでは彼にフェアではない気がした。ジェイムズはダニエルの友だちかもしれないけれど、エリーにとっては義弟《おとうと》なのだ。

「彼はどう?」二、三分してダニエルが入ってくると、エリーはきいた。

「また眠りこんだ。今度は目を覚まさないと思うけどね。ひどく吐いたから体がくたくたに違いない」

「こんなことは終わりにしなくちゃ」エリーは眉をひそめた。「ジェイムズはこんなことをしていてはいけないし、ベスだって緊張しきった状態を続けてはいられないわ」

ダニエルはそっけなくうなずいた。「ジェイムズがここまで崖《がけ》っぷちに追いつめられているとは思いもかけなかった。たしかにスタッフから苦情は出ていたけれど……」

「スタッフって?」エリーは鋭くさえぎった。

ダニエルは重いため息をついた。「きみはまだ知らないだろうが、ジェイムズは一月前からぼくのところで働いているんだ。最近、手に入れたホテルのマネジャーとして」

エリーは体をこわばらせた。結局のところ、ダニエルはやはりホテルの買収に関心を持っていて、それどころか、すでに手をつけていたのだ。しかも、ジェイムズをそこに雇っていた!

「あなたがその仕事をジェイムズにすすめたのは、彼がベスと別居したときより前なの、あとなの?」

エリーの責めるような言い方にダニエルは口元を引き締めた。「前だ、もちろん。だが……」

「そのくせあなたは、厚かましくもわたしが人を操ると言ってなじったのね!」

「ベスがホテルを出ようとしないのはきみのせいじゃないか」ダニエルは憤然として言い返した。

「それはそうかもしれないわ」エリーは認めた。でも、帰ったらベスと話し合って、そんな状態はすぐにもあらためるつもりだ。「だけど、ジェイムズに仕事の話を持ちかけたとき、あなたは彼の悩みに気がついていたんでしょう。つまり、あなたはこの件で完全に無実ではないわよ」エリーは鋭く言った。

「ぼくは無実だなんて一度も言ってない」ダニエルはいらいらした声で答えた。

「あなたはいくつものことを黙っていたのね」エリーは目を光らせた。「中でもいちばん重大なのは、ジェイムズがどこにいたのかちゃんと知っていたことよ！」首を振り、疲れた声で続けた。「わたしはもう帰らなくちゃ。あしたの朝ジェイムズが目を覚ましたら、ベスからじきに連絡があるだろうと伝えてね」

ベスがどんなに頑固にジェイムズと会うのを避けようとかまわない。少なくともジェイムズと話をさせ、もつれをときほぐす努力をさせよう。そして、何よりも、自分がふたりの結婚生活に割りこむ〝ほかの女性〟ではないこと、ベスの座は夫のそばにあることを完璧《かんぺき》にわからせるつもりだ。

「エリー、ぼくたちは話を……」

「わたしたちは何もする必要はないわ」エリーは、それ以上言うなという目でダニエルをにらんだ。早くそこから出ていかないと、今にも叫びだしそうだった。

神経が痛めつけられた晩だった。覚悟していたよりもさらにひどかった。自分が初めからベスの結婚生活の障害だったと知ったのは、むろん大変なショックだった。でも、それにもましてショックだったのは、自分がダニエル・サッカリーに恋をしているのだと、突然気がついたことだ。あと何日かでほかの女性と結婚する予定の男に。何て悲惨なことだろう！

「わたしたちには話し合うことなんかないと言ったでしょう」

ダニエルは口元をこわばらせ、なおも言い張りたい気持を懸命に抑えるふうだった。

「じゃあ、ホテルまで車で送ろう」

「いいえ、そんな……」

「送るとも」ほおがぴくぴくとひきつっている。

「ジェイムズがいるのに……」

「ぼくがしばらくいなくたって何も害はない。どうせ一晩中べったり付き添っているつもりはないんだ。実のところ、あいつに関しては堪忍袋の緒はもう切れている！」

ホテルに着くまでの間、ダニエルもエリーも黙りこみ、短いドライヴが終わったときには彼女はほっとした。

車から降りようとしたエリーの腕にダニエルは手をかけた。「また連絡する」血の気のない彼女の顔を探るように見て、彼はかすれた声で言った。

二度と会う気はなかった。まして彼がアンジェラと結婚したら、ますますそんなつもりはない。「かまわないで」エリーはそっけなく言って車を降りた。「ベスがいなくなったら、わたしはホテルを切り盛りするのに忙しくて、ほかのことに割く時間なんかないわ」

「きみは、ホテルを出るようにベスを説き伏せられる自信があるみたいだな」

「わたしは、ベスがいるべき場所は夫のそばだと信じていますからね。だれもわたしがそう考えているとは思わないみたいだけど」強い口調で言い返した。ひとりになれば、忙しすぎてダニエルのことを考えるひまもないだろうという期待もあった。

「ほかのことっていう中にはオズボーンも入っているのか?」ダニエルはあざけった。

エリーは体をこわばらせた。「それはピーターとわたしの間の問題だわ」冷ややかにそれだけ答えた。ピーターのプライベートな生活について聞いた話は、人に言いふらすべきものではない。

ダニエルは唇をゆがめた。「なるほど。だけど、きみが考えなくてはならない点がひとつある。あの男を愛しているとしたら、きみはぼくに対してあんな反応はしなかったはずだということだ」違うなら言ってみろという口ぶりだった。

わかっている。今夜わたしは、自分がだれを愛しているのかをはっきりと悟った――ピーターではない。

「おやすみなさい、ダニエル!」エリーは車のドアを叩《たた》きつけて閉め、頭を高くかかげてホテルの前の階段を上った。今夜負った心の傷がどんなにひどいものか、ダニエルに知られるのは絶対にいやだった。

だが、ロビーに入ったとたんに、エリーの肩は落ち、闘争心は消えうせた。覚えているかぎりの最悪の晩だった。

しかも、みじめな混乱状態は、まだまだ終わってはくれなかった。

「ジェイムズはお姉さんに話す権利なんかなかったのに！」ベスは反抗的に目を光らせ、叩きつけるように言った。

エリーはその朝、車で家に戻っていた。目の下の隈《くま》やこけたほおが眠れない夜を過ごしたことを語っていた。居間にバッグを置くのもそこそこに、彼女はベスを捜して事務室に行ったのだった。

ところが、ベスは、あんなにジェイムズの消息を知りたがっていたのに、話を聞いてよろこぶどころではなかった。

「でも、そろそろだれかが行動を起こすときだったたと思わない？」エリーはおだやかに言った。

「ジェイムズの考えはかたよっているのよ……」

「彼は自分の気持がわかっているわ、ベス」エリーは静かにさえぎった。「それに、率直に言って、実情がわかった今、わたしは彼が悪いとは言えないわ。あなたは、ジェイムズがほかの仕事をすすめられたことをわたしに話しもしなかったのね——彼がその話を受けて、あなたとふたりでロンドンに行きたがっていたことはもちろん」やさしくたしなめる調子でつけ加えた。

ベスはエリーの目を避けた。「お姉さんに話してもしかたがないと思ったのよ。わたしたちは行くわけにはいかなかった、話はそれでおしまいだわ。お姉さんがここをひとりでやっていくなんて、できっこないんですもの……」

「できないってだれが言っているの?」エリーは肩をつり上げた。

「できるものですか、もちろん」ベスは言い切った。「ふたりでもどんなに大変か、おたがいにわかっているじゃないの。どちらかがいなくなるなんて、残されたほうにとんでもなく不公平なことだわ」

エリーは肩をすくめた。「前はたしかにそうだったけど……」

ベスは腑《ふ》に落ちない顔をした。「今は違うって言うの?」

「わたしがひとりでここに残る気なら、たぶん、大変でしょうね」エリーは軽い調子で言い返した。「だけど、あなたはわたしがひとりで続けていくつもりだと勝手に思いこんでいるのよ」

エリーはその点について前の晩さんざん考えたあげく、どう出るかを心に決めていた。いちばんいいのは、ベスがいなくても、わたしが仕事の上でも私生活でも問題なくやっていけるとはっきり見せつけることだ。そして、ベスにそれを信じさせる方法はひとつしかない。あとはただ、ピーターが、わたしとの友だち関係をこんなふうに利用されても気にしないことを祈るばかりだ!

エリーのからかうような口調にベスは首を振った。「わからないわ」

「ごく単純なことよ、ベス」わざとらしい言い方をした。「ひとりでここにいようとは思ってないわ」

「マネジャーを雇うお金なんて……」

「ベス」エリーは腹だたしそうにさえぎった。「そんなこと言っていないわよ。いったいわたしのどこから、あなたはわたしが一生独身でいる気だなんて思うようになったの？　それとも、だれも望んでくれないほど、わたしには魅力がないと思うわけ？」顔をしかめてみせた。

「違うわよ、もちろん」ベスは抗議するように言い返した。「お姉さんは結婚しないだろうなんて考えたこともないわ。でも、お姉さんはいつも……」ぎごちなく口ごもった。

「わたしはただ……」

「何にしてもわたしについて憶測するのはやめてちょうだい」エリーはとげとげしく言い返した。やさしくするためには残酷にならなくてはならないこともある。「特に、わたしが、これからあなたとふたりでずっとこのホテルを切り盛りして、独身の姉で終わるなんて思いこまないでもらいたいわ！」

「そんなことを考えたわけじゃ……」ベスの声がしぼんだ。「でも、お姉さんはいつもわたしのめんどうを見てくれたんですもの」かすれた声で続けた。「パパとママがスペインに行ってからは特にそうだったわ。わたしはただ思ったのよ……でも、間違っていたのね、今はわかるわ。わたしったら、とんでもないごたごたを起こしてしまったのね！」気がついたベスはうめくように言った。

「何とかするのにまだ遅すぎはしないわ」エリーはおだやかに答えた。「ジェイムズは今でもあなたを愛しているのよ。この一年にあなたがしでかしたことを思うと、あなたにそんな値打ちがあるかどうか怪しいけれどね！」

ダーク・ブルーのベスの目が涙でうるんだ。「わたし、絶対にお姉さんを見放したくなかったんですもの」彼女は唇を震わせてため息をついた。

「それで、あなたは代わりにジェイムズを見放したのね」エリーは頭を振った。「彼はあなたの夫なのよ、ベス。あなたは彼を第一にするべきだわ。それに、今は赤ちゃんも生まれる予定なんだから、そのことも考えなくちゃ。わたしはだいじょうぶよ」明るく請け合った。

ベスは好奇心を浮かべた顔でエリーを見た。「そのラッキーな男性はだれなの？　それとも、きいてはいけない？」

それをきかれるのはわかっていた。返事も考えてある。「今はまだだめ」エリーは恥ずかしそうに答えた。「彼が自分の気持がわかっているかどうか、まだたしかじゃないのよ」

「ピーターね？」ベスは思いついて興奮した声をあげた。「ピーターにきまってるわ！」

きまっている、この二、三年のうちにエリーが食事につきあった男性はピーターひとりだけなのだから！　それにしても奇妙なことだ――ダニエルとは一度も一緒に出かけたことがないのに、なぜか彼を恋するようになってしまったなんて。

「言ったでしょう、教えないって」エリーはきっぱりと打ち切った。「それに、今はもっとずっと大事な問題があるじゃないの。たとえば、あなたがジェイムズに会いに行って謝るとかね」わざとベスの顔を見て言った。

ベスはさっとほおを赤くした。「わたし……」

「気の毒だけど、これまでのいきさつを思えば、あなたが会いに行くべきよ。間違っていたのはあなたのほうなのに、ジェイムズがこっそり戻ってくるなんて期待するのはむりね」ベスに少しでも疑いの余地を残してはならない。そして、ベスとジェイムズは一日も早くまた一緒になるべきだ。それがみんなのためになる。

「わたし、自信がないわ……」

「ほかに方法はないと思うわよ」エリーはきめつけた。

ベスは首を振った。「彼をつかまえられるかどうか自信がないって言おうとしたのよ。あの人、かくれんぼがすごく上手みたいなんですもの！」

「彼はゆうべはダニエル・サッカリーのアパートに泊まったのよ」酔いつぶれたからだとは言わないほうがいいだろう。「もし、もう帰ったとしても、きっとダニエルがよろこんでジェイムズの居場所を教えてくれると思うわ」

ベスは納得のいかない顔をした。「前はダニエルはあまり助けになってくれなかったじゃないの」

「あれから彼は気持が変わったのよ」ダニエルがジェイムズの私生活の立て直しをエリーに劣らず望んでいるのは間違いなかった。のんだくれのマネジャーが自分のホテルにいるのは困るにきまっているのだから。

ベスはまだ決心がつかないようだった。「ジェイムズがわたしに会いたがらなかったら?」

「彼は……」思わず強めた声が外まで聞こえるのではないかと、エリーが口をつぐんだ瞬間、ジェイムズが部屋に飛びこんできた。

彼はゆうべよりましな姿には見えなかった。よく見ると服もきのうと同じで、さらによれよれになっている。着たまま寝たからだろう。髪はさんざん手でかきまわしたらしく逆立っていた。

エリーは、激しく震えているベスに向かってずばりと言った。「ほら、あなたの今の質問に答えが出たと思うわよ」

ベスはのどのつかえを強くのみ下した。顔には複雑な感情が浮かんでいる——ジェイムズと再会した興奮とともに、話し合いの結果がどうなるかという不安ものぞいていた。

「わたし……」

「ふたりだけにするべきだと思う、違うか?」突然、ダニエルのきっぱりした声が聞こえた。

彼が口を開くまで、エリーは彼がそこにいるとは思いもしなかった。ジェイムズの後ろに立っていたので見えなかったのだ。いったいこの人は、何をしに来たのかしら……。

10

「一応、酔いはさめたかもしれないけど、ジェイムズに運転させるのはまだとうていむりだと思ったんだ」それからしばらくして、ダニエルはそっけなく説明した。ふたりはベスとジェイムズを事務室に残し、ラウンジに座っていた。ダニエルの言うことはもっともだった。前の晩ジェイムズが飲んだアルコールの量を思えば、夜のうちに体から抜けているはずはない。

「彼が来たのはベスとの問題を解決するためなんでしょうね？」エリーはふいに不安に襲われた。そうだと思いこんでいたけれど、もし、違ったら……。

「それが彼のためだ」ダニエルは厳しい表情で答えた。「さもないと、妻も仕事も友人もなくすことになる」

それに赤ちゃんも、と言おうと思えば言えた。でも、それを知らせるのはベスの役目だとエリーは思い直した。「あなたがジェイムズにプレッシャーをかけたりしたんじゃないでしょうね？　だって、本当に彼自身が来たかったのでなければ……」

「エリー、何を考えているんだ？」ダニエルはじりじりしたようすでさえぎった。「ゆうべの彼が別居を楽しんでいる男に見えたか？」

もちろん、そうは見えなかった。でも、ジェイムズとベスの間がすでにひどくこじれている以上、今、ふたりにとっていちばんよくないのは、誤った動機でよりを戻すことだ。

「ジェイムズはどうしても今日ここに来ると決めたんだ」ダニエルは、まだ納得しないエリーの顔を見て憤然と続けた。「それなら、ぼくが彼の運転手を務めると言った。それだけのことだ」

「コーヒーを注文なさったと思いますが」耳慣れた声が聞こえた。エリーはにっこりしてピーターを見上げた。彼はコーヒーや砂糖をのせたお盆をふたりの前のテーブルに置いた。

「ここのシェフは自分で客にコーヒーを運ぶのがふつうなのか？」ダニエルはピーターに冷ややかな目を向けた。

ピーターは少しも動じることなく笑って答えた。「そうです、エリーのためだとわかっているときにはね！」そして、エリーにもにっこり笑ってみせた。

「なるほど」ダニエルは露骨に不愉快な顔をした。エリーはダニエルの不作法さにあきれたが、ピーターはけろりとした顔で、ダニエルを無視してエリーに話しかけた。

「エリー、元気？　短い休みだったけど、楽しかったかい？」

「きみたちのおしゃべりはあとにしてくれ」ダニエルは荒々しい調子で口をはさんだ。

「エリーとぼくは話の途中だ」

「すみません、お邪魔して」ピーターは離れ際にエリーにウィンクしてみせた。その目つきは、自分のしていることはちゃんと心得ているよと語っていた。それに、ダニエルの横柄さに傷つくどころか、むしろおもしろがっているということも。

ふたりの男が子どもっぽさをむきだしにするのを見て、エリーは頭を振った。要するに、男はけっして大人にならないというのは本当なのかもしれない。

「コーヒーを注《つ》いでくれないのか、ぼくに注がせたいのか？」ダニエルはぎすぎすした声で言った。エリーがわざと眉をつり上げて見返すと、彼はぼそりと続けた。「すまない。ゆうべはあまりよく眠れなかったんだ」

エリーは軽く笑ってコーヒーを注いだ。「一晩中ジェイムズのめんどうを見たりはしないって言わなかった？」からかいながらカップを差しだした。

ダニエルはそれを受け取り、むっとした声で言った。「眠れなかったのはジェイムズとは何の関係もない」

エリーは眉をひそめてダニエルを見守り、じっと見返す彼の目つきでじわじわと気がついた。この人が眠れない夜を過ごしたのは、わたしと関係があるのだ。でも、どうして？　彼の望みどおりにアパートに泊まらなかったからかしら？　ダニエルが持ち前の傲慢《ごうまん》さで、わたしが泊まるだろうと勝手に思いこんだだけなのに！　それとも、あとになって、わたしに泊まるように頼んだこと自体が気にさわったのかしら……？

「気がとがめると眠れないものよ」エリーは冷たく言った。　何はともあれダニエルは、週末にはアンジェラと結婚することになっているのだ。

「気がとがめる……？」ダニエルはいぶかしげに眉を寄せた。「だけど、ぼくは……」

「ああ、エリー、もうだいじょうぶよ！」ベスが駆けこんできた。光り輝く顔を見れば、何も聞かなくても結果はわかる。「わたしたち、話し合ったの。それで、つまり……もうだいじょうぶよ！」興奮した声で繰り返した。

エリーは立ち上がってベスを抱き締めた。「よかったわ、本当に」妹がやっと幸せそうになったのがうれしくて、声がかすれた。「あなたのためにもジェイムズのためにも」エリーは、まだ恥ずかしそうな顔でそばにいるジェイムズにも温かく笑いかけた。

「つまり、これでぼくは有能なホテル・マネジャーを手に入れられるというわけだな？」ダニエルはジェイムズをからかった。「だけど、きみたちふたりがいなくなったら、エリーはさびしがるだろうな」彼は眉根を寄せてエリーを見た。

だが、エリーはそう言われるのにはちゃんと備えていて、わざと気のない顔でダニエルの目を見返した。わたしは彼に、わたしが願っているのはベスの幸せだけだと言った。それは今でも本当だし、少しでも疑われるのはいやだ。たしかにホテルをひとりでやっていくのは大変だろう。でも、何とかできると思う。何とかしなくてはならない！

「ふたりじゃなくて三人なんだよ」ジェイムズが誇らしげに言い、ベスの肩をかばうように抱いた。「ぼくたちには子どもが生まれるんだ」父親になるという興奮がありありとわかる声だった。

「そいつはすばらしいね」ダニエルは温かく言い、問いかけるような目でエリーを見た。エリーはやっと見える程度にうなずいて、ベスの状態は前から知っていたことをダニエルにわからせた。

「わたしたちがいなくなって、エリーはさびしがるかしらね？」ベスは、愛情をこめてからかう目つきで姉を見た。「だって、エリーがひとりぼっちになるなんてとんでもないみたいだから！」

エリーの体がこわばった。ベスとジェイムズのためを思って、わざと今後の自分にははっきりした計画があるように見せかけたのだが、ベスがそれをこんなふうに口に出すとは思いもしなかった。しかも、よりによってダニエルの前で！

ダニエルの推し量るような表情でエリーは察した。この人はわたしの未来のパートナーについてさっそく勝手な結論を出そうとしているんだわ。さっきのピーターの親しげな態度は、彼こそその男だという印象を強めたに違いない。まあ、いいわ、それがわたしの狙《ねら》いだったんだから。どちらにしても、わたしとダニエルには未来はないのだ。

「それは興味深い話だね」ダニエルはつぶやくように言い、しばらくの間わざとエリーの目をじっと見てからベスとジェイムズの方に顔を向けた。「それで、子どもはいつ生まれる予定なんだ?」うわべは話題を変えたが、今の話は終わっていないぞという目つきだった。

「半年後だ」ジェイムズが顔いっぱいに笑みを浮かべて答えた。

「おめでとう」ダニエルはベスを抱き締め、ジェイムズの手をぎゅっと握った。「じゃあ、四人でここのレストランで昼食を食べようじゃないか」みんなの顔を見まわして言った。

これ以上ダニエルといることを考えただけで、エリーはしりごみした。顔を合わせただけでもたくさんなのに!「わたしは……」

「こんな幸せなできごとをみんなで祝えたらいいと思うんだ」ダニエルはきっぱりと続けた。

言い換えれば、もし、エリーがごたごた言えば、まるでベスたちのことをよろこんでいないように取れるということだ。ダニエルは急所を押さえていた。

「わたしは少しあとから行くって言おうとしたのよ」エリーは平静に言った。「事務室で片づけなくてはならないことがいくつかあるから」本当は、またまたダニエルと一緒に過ごす心の準備をするために、しばらくひとりでいる必要があるということだ。

「あとにできない?」ベスが幸せいっぱいの笑顔で説き伏せようとした。

「五分待って」エリーは請け合うように妹の手をぎゅっとつかんだ。

「じきにふたりで行くよ」ダニエルが取り仕切るように言った。「ジェイムズ、シャンペンを頼んでおいてくれないか。冷やして出されるころにはぼくたちも行くから」

ベスとジェイムズはダイニング・ルームに向かい、エリーはうろたえた顔でダニエルを見た。こんなことになるなんて何よりいやだったのに！

「事務室に行こうか？」ダニエルは返事を待たずにエリーの腕をしっかりとつかみ、いかにも目的ありげに歩き始めた。一緒に事務室に行くと言われてぎょっとしたあまり、エリーはうまい逃げ方を思いつくひまがなかった。おそらくダニエルもそれを狙っていたのだろう。

ベスがこのなりゆきをどう考えるかはわかりきっている。ベスは鈍いどころではないし、ダニエルとわたしが一緒にいるところに一度ならずでくわしたことがある。いずれそのうち、わたしがどちらの男性と将来の計画を立てているのかと考えるだろう。ダニエルかしら、それともピーターかしら、と！

事務室に入ると、エリーはきっぱりとダニエルから離れ、平静を装ってきいた。「何か個人的に言いたいことでもあるの？」

「ベスとジェイムズは……」

「待って、ダニエル」エリーはいらいらしてさえぎった。「わたしはふたりのことではベストをつくしたわ。これからもよ。わたしは妹に幸せになってもらいたいから……」

「そんな話をしようとしていたんじゃない」ダニエルはなめらかに口をはさんだ。

「そう?」彼の話を聞きたいのかどうか、あやふやな気持だった。

「あのふたりは――特にベスは、きみにはこれから先の計画があると思っているようだな。ぼくは、その計画にピーター・オズボーンが含まれているのかどうかを知りたい」

エリーは息が止まった。この人は世間的な礼儀というものをまったく備えていない。いつでもまっすぐにのど笛に襲いかかるらしい。

「それで、どうなんだ?」エリーが答えずにいると、ダニエルはうながした。

エリーはかっとしてダニエルをにらんだ。「そんなこと、あなたとは何の関係もないと思うわ!」

ダニエルは意味ありげにエリーに近づいた。「ぼくは関係があるようにするつもりなんだ」

「わたしは……」

「エリー、この茶番はもう十分長々と続いた」ダニエルはエリーのすぐ目の前に立ちはだかり、厳しい口調で言った。「前に言っただろう、オズボーンはきみに向く男じゃないって」

「それで、あなたは向いているって言うんでしょうね?」挑戦的に言い返した。

「そうだ、そう思う」ダニエルは平然とエリーの視線を受け止め、すすんで挑戦を受けて立った。

エリーは頭を振った。「あなたの傲慢さって信じられないわ！」

ダニエルは苦々しげに唇をゆがめた。「うれしいよ、何にせよ、ぼくのどこかに感心してもらえたとはね」

「ダニエル……」

「それもうれしいね」エリーのまごついた顔を見て、ダニエルは説明した。「きみはめったにぼくをファースト・ネームで呼ばないからさ」

めったにそう呼ばないのは、わたしの辞書には彼のためにほかのことばが山ほどあるからだ！

「さあ、ベスたちのところに行かなくては」エリーはダニエルがずっとすぐそばにいるのにうろたえて、背を向けて出ていこうとした。

「エリー……」ダニエルは後ろから彼女の肩をつかんで引き戻し、ふんわりした髪に顔を埋《うず》めた。「ぼくは本当にきみと話をしたいんだ。ここじゃなく、邪魔の入らないところで」

ほんのいっとき、エリーは、ダニエルの腕の中にいるうれしさを自分に許した。こんなに彼の近くにいるのはおそらくこれが最後だろうとわかっていたから。〝邪魔の入らないところで〟……ダニエルと一緒にいる勇気はないというのが本当のところだった。そんなことをしたら、ダニエルに対して心に決めたことが揺らいでしまう。今すでに揺らぎかけているのに！

「ダニエル、あなたはわたしに言い続けてきたんじゃなかった？　自分のことを考えるのはやめてほかの人たちの幸せを考えるようにって」初めからまったく見当違いな非難だったが、エリーはそれを逆手に取った。「わたしはベスとジェイムズに対して責任があるの」彼女はダニエルの腕の中で向きを変え、離れようとした。「あなたもわたしも責任があるわ」きっぱりとつけ加えた。

ダニエルは首を振った。「ぼくたちは、ぼくたち自身についても責任があるんじゃないか？」

「そんなことはないわ」ダニエルの結婚式が二日後に迫っていることを思うと、エリーはますます決意を固くした。「ベスたちのところに行って。わたしは本当にその前に少しすることがあるの」彼女はひるまずにダニエルと目を合わせた。二度とこの人にぐらつくまい。そんなことをしてはならない。

「エリー……」

「ダニエル！」荒々しくさえぎった。「どうしてもこの話を続けたいと言うなら、あとでだって時間はあるわ」あとにすれば、出ていってと言えるのではないかとエリーは期待した。

ダニエルは厳しい表情を変えなかった。「そうだ、ぜひとも話したい」

エリーはうなずいた。ダニエルは自分がこうと決めたことを簡単にあきらめる男ではない。でも、これで何時間かの猶予ができた。その間にこれ以上ダニエルに巻きこまれないための決意をなんとか固められるだろう。ダニエルがアンジェラと結婚した上で、わたしが彼の愛人になるなどという気持はさらさらない。でも、それ以外に彼がわたしに与えられる立場はないのだ。

「五分で行くわ」エリーはそっけなく言い、軽い調子を装って続けた。「シャンペンの泡が消えるほど遅くはならないわよ」ベスとジェイムズのお祝いのランチの席で、ダニエルと自分が変な雰囲気をただよわせるなんてとんでもないことだ！

ダニエルはしぶしぶながら事務室を出ていき、エリーはやっとふたたび息ができるようになった。どうしたらいいだろう？　これから数時間ダニエルと一緒に過ごすのにどうやって耐えられるかしら？　もっとはっきり言えば、どうすれば、食事のあとにダニエルがもうわたしに話をする気がなくなるように仕向けられるだろう？

愛していながら自分のものにできない人といる苦しみから逃れる道を考えるうちに、時間はどんどん過ぎていった。

そして、やっと思いついた！

実に簡単なことだった。あまりに簡単で、どうして今まで考えつかなかったのかわからないほどだった。ダニエルと食事さえ一緒にしないですむ、いちばんやさしくて、しかも効果的な方法だ。

サファイアだわ！　ダニエルはサファイアに対してひどいアレルギーがあるから、つけている人と同じ部屋にいることすら耐えられないはずだ。そして、わたしはほとんど一瓶たっぷりサファイアを持っている。しかも、ダニエルにはわたしがわざとその香水をつけたことがいやでもわかる。どんな関係だろうと、わたしには彼とかかわる気はないのだと悟らざるを得ない。

完璧《かんぺき》だわ。文句なく完璧だ。

ダイニング・ルームに入ったとき、エリーは、たまたまベスたちからは気づかれないいま、しばらく三人を眺めた。ベスは生き生きとして見るからに幸せそうだし、ジェイムズはゆうべのみじめな酔っぱらいとは別人のように見えるのがうれしかった。本当によかった！

これが最後と、エリーはダニエルの姿をたっぷりと目におさめた。愛している。深く、どうしようもなく愛している。ダニエルは、ジェイムズが何か言ったのを聞いてかすれた声で笑い、目尻にしわを寄せた。真っ白で形の揃《そろ》った歯が日焼けした肌にくっきり見える。すばらしい。こんな彼をわたしは記憶に残しておきたい。なんということかしら！　二十七年生きてきてやっと恋をしたら、相手はまったく手の届かない人だったなんて、自分がそれほどのまぬけとは信じられない思いだ。

エリーは背中を伸ばし、口元にむりに明るい笑みを浮かべて、楽しそうな三人に近づいた。ダニエルがふり向き、すぐに彼女を熱い視線で包みこんだ。

肌を焦がすような熱さが届き、その中にのみこまれるとともに、エリーはあやうくよろめきそうになった。体がとろけ始めたような感じがする。でも、こんなことではいけない。ダニエルの女のひとりになることはできない。ジョアンやほかにも数えきれないほどいるに違いない女性たちのようになってはならない。どういう動機かはとにかく、ダニエルはアンジェラという女性と結婚するのだ。

ダニエルたちはまさしくその人のことを話題にしているようだった。「アンジェラの花嫁姿はさぞきれいだろうな」ジェイムズがからかうように言った。

「それは疑いないね」ダニエルが答えた。そして、立ち上がってエリーを迎え、彼女が席につくと自分もまた座って続けた。「アンジェラは前の三回の結婚式でもきれいだったよ」

エリーはぽかんとしてダニエルを見た。つまり、彼が結婚しようとしている女性はもう三回も結婚したことがあるのかしら？　しかも、ダニエルはその結婚式の全部に出席したということ？　いったい、これは……？

「問題はどうやら結婚式がすんでから……」大きなくしゃみでダニエルの体が揺れ、ことばがとぎれた。「失礼」彼は渋い顔で言い、ジェイムズに向かって続けた。「ぼくが思うには、つまり、アンジェラは結婚生活よりも結婚式のほうを楽しんでいるってことさ！」

ジェイムズはしわがれた笑い声をあげ、エリーにもにっこりして言った。「悪いね。きみが知りもしない人についてこんな話をするなんてよくないな」

「エリーはアンジェラを直接は知らないけど……」ダニエルが考えながら言った。「彼女と電話で話したことはあるんだ。それだけでもアンジェラについて何か感じたことはあると思うよ」

感じたことを言えというなら、アンジェラがいい人であろうとなかろうと、わたしは彼女を好きにはなれないだろうと言うしかない。ダニエルが結婚する女性をどうして好きになれるだろう？

ジェイムズは眉を大きくつり上げてみせた。「アンジェラは本当にすごい人だよ！」そのとき、ダニエルがまたくしゃみに襲われ、ジェイムズは眉をひそめた。「ダニエル、きみはその風邪をどうにかしなくちゃ」

うまくいった！　ここに来る前にたっぷりふりまいてきたサファイアが、ダニエルのアレルギーの引き金を引き始めているのだ。

ダニエルは、激しいくしゃみで少しうるんだ目でエリーを見て不機嫌に言った。「どうにかしたと思ったけどな」彼が何を言おうとしているのかはエリーにははっきりわかった。

ダニエルはわたしがサファイアをつけているのを知っているのだ。しかも、わざとそうしていると。

「まさか土曜日に風邪をひいていたくないだろう」ジェイムズは言い聞かせるように言った。「もしも、風邪をひいたまま結婚式に出て、みんなにうつしたら、アンジェラは一生許さないよ」

「風邪じゃないんだ」ダニエルはたんたんと答えた。だが、氷のような目つきはたんたんとしているどころではなかった。「ただ……」ダニエルはまたしてもくしゃみをし、まわりに聞こえるほどにののしりながら、ポケットに手を入れてハンカチを探した。「たぶん何か飲んだほうがいいだろうな」くしゃみが少しおさまったとき、彼はつぶやいた。「こういう場合のためにエリーはどこかに魔法の薬をしまってあるに違いない。そうじゃないか?」彼は真正面からエリーに挑んだ。

サファイアをつけたとき、こんななりゆきはエリーの頭にまったくなかった。おそらく香水の効き目がひどくて、ダニエルが席をはずすだろうと思ったのに。ダニエルと顔を合わせると、どうしていつでも思いもかけないまずい結果になってしまうのだろう?

ダニエルはふいに立ち上がると、ベスとジェイムズに言った。「きみたちは料理を頼むといい。ぼくたちはじきに戻るから」〝ぼくたち〟の意味は、彼がエリーの腕をつかんで遠慮なく立たせたことで、すぐにはっきりした。痛いほど締めつけて、エリーの企《たくら》みを不愉快に思っているのをわからせようとしている。「そうだろう、エリー?」ダニエルは荒々しく言い、またまたくしゃみで体を震わせた。

「ええ」エリーは歯ぎしりする思いで答えた。でも、やっとベスとジェイムズが元のさやにおさまったのに、ここで騒ぎを起こすのは絶対に避けたい。「あの、わたしたち、すぐに戻るわ」彼女は意味もない笑みを浮かべ、引きずられるようにダイニング・ルームを出た。

「何も言うな」ロビーに出ると、ダニエルは歯をくいしばって言った。目はまっすぐ前をしっかり見すえている。「何も言うんじゃないぞ、一言もだ」彼は厳しく命じ、ホテルから私室に入るドアを激しい勢いで通り抜けた。「バスルームはどこだ?」ためらいもせずにずかずかと居間を横切りながら言う。

エリーは大きく見開いた目でダニエルを見た。「わたし……」

「何も言うな」ダニエルはうむを言わせない声で繰り返した。「ただ、バスルームがどっちにあるのか指さすんだ」

ダニエルの堪忍袋の緒が切れそうなのを察して、エリーは言われるとおりにした。今逆らったら、彼は何をするかわからない。もっとも、どうしてバスルームに行きたがるのかも、さっぱり見当がつかないけれど。

答えはすぐにわかった! ダニエルはがっちりとエリーの腕をつかんだままシャワーのタップをまわし、温度をたしかめた。でも、シャワーを浴びるつもりなら、まさか観客としてわたしが必要なわけはないだろうに……。

そう思ったのは間違っていた。シャワーを浴びるのはダニエルではなかった――エリーだった！

ダニエルはエリーの服をぬがせようともせずに、容赦なく彼女をお湯の下に押しこんだ。たちまち髪が頭にへばりつき、服は体にべったりと張りついた。

「いったい何を……？」

「ぼくはきみに、ぼくのそばではその香水をつけないでくれと頼んだじゃないか」ダニエルは乱暴に言いながらエリーをお湯の下から引っ張りだし、しずくのしたたる髪をタオルで包んだ。「きみはぼくの言うことを聞かなかった。だけど、それを言うなら、きみはいつだって人の言うことを聞かない、そうだよな？」彼は腹だたしげに続けた。「まったく、きみは間違いなく、ぼくがこれまでに出会った中で最高につむじ曲がりの女性だ……エリー、泣いているのか？」彼はふいに口をつぐみ、彼女の顔が見えるように少し頭をかしげた。

そう、わたしは泣いている、とエリーは気がついた。ほおに温かい涙が伝うのを感じて、ダニエルに負けないほど、彼女自身がびっくりしていた。いったい何だって泣いているのかしら？　わかっている。この人を愛しているのに、彼がほかのだれかと結婚してしまうからだ！

エリーは大きな緑の目でダニエルを見上げた。突っかかる気持はあとかたもなくどこかに消えていた。「わたし、あなたに出ていってもらいたかったから、あの香水をつけたの」顔を手で覆い、のどをつまらせながら言った。「あなたにここからいなくなってもらいたかったんですもの。だって、わたしは……あなたが……」

「言ってしまうんだよ、エリー」ダニエルはかすれた声で力づけた。彼の怒りもすっかり消え、濡《ぬ》れるのもかまわずにしっかりとエリーを抱き寄せている。「泣きなさい。きみは長い間、自由に泣ける気分になれなかったんじゃないかと思う。さあ、ダーリン、気持を残らず吐きだすんだよ」あやすような口ぶりだった。

ダニエルの言うとおりだった。最後に泣いたのはいつだったかエリーは思いだせなかった。

この二年間、彼女は強くいなくてはならなかった。父の心臓の状態を考えると、自分に重くのしかかる問題を少しでも両親に負わせてはいけないと思った。しかも、寄りかかれる相手、肩の荷を下ろして頼れる相手はだれひとりいなかったのだ。

エリーはひたすら泣きに泣き、とうとう永遠に止まらないような気がしてきた。そしてやっと、泣き声の間の大きなしゃっくりがきっかけとなって、自分の自制心のなさに自分で気がついて笑いだした。

驚いたことには、気がつくとエリーはバスルームではなく居間にいた。ソファに座ったダニエルに抱かれ、顔を彼の首筋に埋めていた。離れようとすると、ダニエルがかすれた声で止めた。

「だめだ、動かないで。好きなんだよ、きみがこうしているのが」満足そうな静かな声だった。

「でも……」

「でもはなしだ、エリー」彼は今度はきっぱりと言い、自分のものだと言わんばかりに彼女を抱く腕に力をこめた。「きみはしばらくだれかに責任を預けてもいいころだ。ぼくはすすんで名乗りでる。というよりも、ぼくにそうさせてくれときみに頼むつもりだ」ダニエルはエリーの目を奥までじっとのぞきこんだ。

エリーはそのことばにそそられた。どうしよう、受け入れたくてたまらない。でも……。

「アンジェラはどうなるの?」ききたくなかったが、思いきってきいた。話題にするのもいやだったが、彼女の存在を簡単に忘れてしまうわけにいかないのはわかっている。

ダニエルは不審そうに眉を寄せた。「彼女はどうなるかだって?」

「あなたにはわかっているはずよ――こんなことは彼女がいやがるのが」エリーは頭を振り、寄り添った自分たちを指して言った。

ダニエルの顔がこわばった。「ぼくは、自分のすることを姉にどう思われるか気にする年はとっくに過ぎている。まして妻を選ぶことにかけてはそうだ。姉の前歴からすれば、彼女は意見を言う権利もないさ……」

「お姉さん！」エリーの耳に入ったのはそのことばだけだった。アンジェラはダニエルのお姉さんですって？　だけど、それなら、ダニエルは彼女と結婚できるはずがない！

「そうさ」エリーが明らかにびっくりしているのを見て、ダニエルは眉をひそめた。「何だと思ったんだ？」

ダニエルのフィアンセだと思ったのだ。彼が愛し、結婚する女性だと。

次の瞬間エリーは、今ダニエルが言ったほかのことばにも気がついた。〝妻を選ぶ〟ことがどうとかと……。

「あなたはわたしのことを言ったの？」緊張した声であえぐようにきいた。

「ぼくがきみのことを何だって？」話の向きが突然変わったために、ダニエルはまごついた顔をした。「エリー、いったいきみはアンジェラを何だと思ったんだ？」彼はねばってきいた。

決定的瞬間が来た。わたしはこの瞬間をつかめるかしら？　それとも、このチャンスをつかみ、〝妻を選ぶ〟という短いことばにすべてをかけるには臆病《おくびょう》すぎるかしら？

エリーはぎごちなく息を吸った。「結婚式の話が出ていたわよね。アンジェラという人が花嫁らしいとわかったわ。それで……」

「それで、きみはぼくが花婿だと思ったんだな？」ダニエルがぞっとした声でエリーのことばを引き継いだ。「ぼくはたしかにアンジェラを愛している。姉なんだから。だけど、もし、姉でなければ……。アンジェラは、彼女とかかわりになるまぬけな男にとって災いの種なんだ」ダニエルはうんざりだというしぐさで頭を振った。「十年前に父はぼくたちふたりに巨大な事業を遺《のこ》した。だけど、姉はまともに運営できたためしがない。若すぎるうちに多すぎる金を持ったせいだろうな。その結果、姉は腰抜けの男を夫に選んでは、二、三年たつと、どうして自分はうんざりしているのかとふしぎがるというわけだ。今度の結婚が前の三回と違う経過をたどるとは、ぼくにはとうてい信じられないね！」ダニエルは突き放すようにつけ加えた。

〝腰抜け〟ということばで、エリーは結婚相手の選び方についてダニエルになじられたときのことを思いだした。腰抜けの男なんかごめんだ、わたしはダニエルがほしい！

「だけど、姉のあやまちのおかげで、少なくともぼくは結婚に飛びこむ場合にはもっともっと慎重になるべきだということを学んだ」ダニエルは、エリーがもっと居心地がよくなるようにひざの上に落ち着かせ、頭を自分の肩に寄り添わせた。「ぼくはずっとわかっていたんだ。ぼくは自分にぴったりの女性が現れるのを待つだろうとね。それに、現れたら、絶対に引き下がらないとも」

「ジョアンのこと？」思いきってきいてみた。

ダニエルはびっくりした顔でじっとエリーを見た。「きみは、ぼくと一緒にいる女性を見るとか話を聞くとかするたびに、ぼくをその女性と結びつけるのか？」いらいらした口調だった。「ジョアンはぼくのアシスタントだ」

ダニエルは険しい声で話を続けた。

「きみがぜひ知りたいなら言うが、今、ちょっとやっかいなことになっている。アンジェラが第四号の夫に選んだ男はジョアンの元の夫なんだ！　そういうわけで、きみにも想像がつくだろうが、彼女たちふたりの間には愛情のかけらもない。それですごく困ったことになっている。つまり、姉からプレッシャーをかけられても、ぼくはアシスタントとしてのジョアンを手放す気はないからだ。彼女は抜群によく仕事ができる。ジョアンの有能さの例をあげれば、ピーター・オズボーンがこのホテルにいるのを突き止めたのは彼女なんだ」

ということは、ジェイムズはこの件には何の関係もなかったというわけだ。エリーはうれしかった。「あなたはピーターの名声を知っていたのね？」

ダニエルはうなずいた。「彼はロンドンで最高にはやっているレストランのオーナー・シェフだった。だから、彼がここにいると知ったとき、逃すにはあまりに惜しいチャンスに見えたんだ。そこで、ここに来て彼に会い、同時に、ジェイムズとベスのためにも、性格が悪くてみにくい姉と話をつけて、何とか問題を解決しようと考えた。ところが、きみはぼくの予想とは似ても似つかない人だった！」ダニエルはエリーを見下ろしてにっこりした。「ぼくは、今朝ここに来る途中、ジェイムズとかなり突っこんでその点を話した。今は、きみについて思いこんでいたたくさんのことが、事実とまったくかけ離れていたとわかっている」

「わたしはピーターとかかわりを持ったことはないわ。わかっているでしょうけど」すべてを完璧にはっきりさせなくてはいけない。「彼は別れた奥さんとお嬢さんの近くにいるためにこの土地に住んでいるの。わたしにとっては、ピーターはずっとお友だちにすぎないわ」

ダニエルはほっとした顔で肩をすくめた。「彼のほうは、友だち以上になれたらと望んでいるに違いないけどね」

「そうかもしれないわ」エリーもうなずいた。「だけど、ベスはわたしたちの恋のしかたについて説を持っているの。わたしたちトムソン家の女性は、ただ一度だけの恋をするって信じているのよ。一度恋に落ちたらそれがそうだって」

ダニエルはエリーを抱き締めた。「ジェイムズもぼくについて同じ説を唱えているんだ。で、ぼくは彼の言うとおりだと思うようになった。それに、ぼくはもう、そのただ一度の恋を見つけたこともわかっている――赤毛で強情なジゼルという名前の女性とね」彼はつぶやくように静かに続けた。「ジゼル、きれいな名前だよ、ダーリン。結婚したら、ぼくがときどきその名前で呼んでも、きみが気にしないといいな。もちろん、ふたりだけのときだけど。ぼくだけのきみの呼び方を、ほかのみんなに使われるのはいやだからね」

「わたし……」

「ぼくたちは結婚するんだ、エリー」ダニエルはきっぱりとさえぎった。「ぼくはもうたっぷりと時間をむだにした。手続き上できるかぎり早くきみを妻にするつもりだ。だから、そうなるということに、きみも慣れてもらいたい」高飛車に宣言するような言い方だ。

「もう慣れているわ」でも、実はいつまでたっても慣れるかどうかわからない。ダニエルもわたしを愛しているなんて、すばらしすぎてうそのような気がする。愛していると彼はたしかに言ったけれど……。「愛しているわ、ダニエル」声がかすれた。「とっても」

ダニエルは両手でエリーの顔を包んだ。「で、結婚してくれるね？」

「手続き上できるかぎり早くね」エリーはのどをつまらせながらダニエルのことばを繰り返した。

「愛している、ジゼル・トムソン。愛している！」ダニエルはうなるように言うと、顔をうつむけてエリーと唇を重ねた。

その後しばらく、ふたりの低いため息とつぶやきのほかに物音はなかった。エリーは幸せのあまり、感情の高まりで体がはちきれそうな気がした。

ふたりはソファに横たわった。エリーの顔は赤らみ、唇は何度も繰り返したキスで少しふくらんでいた。「白状することがあるの」エリーはダニエルを見上げて渋い顔をした。

「あなたが最初にホテルに来た晩、わたし、隠れていたのよ……」

ダニエルは彼女の唇に指先を当ててうなずいた。「衣装戸棚にね。知っているよ」

エリーは目を見開き、やさしく甘やかすようなダニエルの表情をじっと見た。「だけど、わたしが何をしていたのか知りたくないの?」

ダニエルは首を振った。「全然。妻は夫に対して少しは秘密を持っているべきだ。サファイアをつけないかぎり、きみはいつでもまた、好きなときにぼくの衣装戸棚に隠れていい。ぼくも一緒に隠れるかもしれないな!」からかう調子でつけ足した。

エリーはダニエルのキスに熱く応《こた》え、それをきっかけにふたりとも気持が抑えられなくなった。わたしはこの人を愛している――胸が本当に痛くなるほどに強く愛している。

やがて、ダニエルがやさしくエリーを自分のものにしたとき、その痛みはやわらぎ、彼女の中で虹《にじ》の七色がはじけた。

一生でただひとり、エリーの愛する人との恋だった。

●本書は、1997年9月に小社より刊行された作品を文庫化したものです。

ただ一度あなただけ

2022年8月15日発行　第1刷

著　　者／キャロル・モーティマー

訳　　者／原　淳子（はら　じゅんこ）

発 行 人／鈴木幸辰

発 行 所／株式会社ハーパーコリンズ・ジャパン

東京都千代田区大手町1-5-1

電話／03-6269-2883（営業）

0570-008091（読者サービス係）

印刷・製本／中央精版印刷株式会社

表紙写真／© Zakharovaleksey | Dreamstime.com

ISBN978-4-596-70643-0

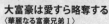

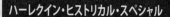

人気沸騰中の作家陣が綴る熱いロマンス！

8/5刊

人気作家、シリーズ第1弾

大富豪は愛すら略奪する

華麗なる富豪兄弟 I

マヤ・ブレイク

アメリは家族の旧敵と知りつつ富豪アトゥに恋していた。
8年ぶりに会った彼に熱く誘惑され、純潔を捧げるが、
妊娠がわかっても家族にもアトゥにも言えず…。

8月のハーレクイン・ロマンス

渾身のロイヤル・ロマンス第2話！

鳥籠の姫に大富豪は跪《ひざまず》く

王女と灰かぶり II

ケイトリン・クルーズ

出生時の取り違えで実は農家の娘だと判明した
王女アマリアは、かつて愛した
スペイン富豪ホアキンのもとへ赴く。
だが、捨てられた彼の怒りは今も鎮まらず…。

8/20刊

既刊作品

「あの愛をもう一度」

ミシェル・リード　　氏家真智子　訳

兄を救うため、自分を裏切ったイタリア人の元夫ガイに助けを求めたマーニー。彼は冷ややかな笑みを浮かべ、援助の見返りに一緒に暮らすことを要求した！

「恋のルール」

ペニー・ジョーダン　　田村たつ子　訳

遊びの恋を求める大富豪ジェイと、永遠の愛を夢見るバネッサ。恋してはいけない男性に、出会った瞬間、掟破りのゲームを仕掛けられてしまう——熱く唇を奪われて。

「本気で愛して」

ミランダ・リー　　霜月　桂　訳

傷心を癒そうと、海辺の別荘をひとり訪れたお堅い秘書ゾーイ。隣家に住むセクシーなエイダンに惹かれ、誘われるまま一夜を共にするが、後日彼とパーティで再会する！

「追憶の重さ」

ミシェル・リード　　小林町子　訳

レベッカが故郷を去った理由は、身分違いの恋に落ち、身ごもった末に、裏切られたからだった。10年ぶりの帰郷で明らかになる、失われた愛の意外な真実とは？

「結婚と償いと」

スーザン・フォックス　　飯田冊子　訳

憧れの人ガブと結婚したものの遺産目当てと誤解し、夫を遠ざけていたレイニー。5年を経て真実を知った彼女は、涙ながらに謝罪して離婚を申し出るが…。

既刊作品

「花嫁には秘密」

ルーシー・ゴードン　　青山ひかる　訳

自分の恋には消極的な、ウエディング・プランナーのゲイル。ある日、知り合ったばかりの大富豪アレクサンダーから、傲慢な愛人契約を申しこまれ…。

「木曜日になれば」

アン・ハンプソン　　神谷あゆみ　訳

18歳のジャニスは住み込みの仕事を首になり、行くあてもない。車にひかれかけ、屋敷で介抱された彼女は、そこで屋敷の主ペリーに突然結婚を申し込まれる。

「憎しみの代償」

リン・グレアム　　すなみ　翔　訳

セアラの妹が赤ん坊を遺して亡くなった。妹の愛人の兄、ギリシア富豪アレックスが結婚を許さなかったせいで。彼は葬儀に現れ子供を渡すようセアラに迫り…。

「忘れない夏」

ペニー・ジョーダン　　富田美智子　訳

「婚約者としてふるまってくれないか」初めて恋した相手に説得され、休暇を一緒に過ごすことになったジェンナ。あのときの恋はまだ終わってなどいないのに。

「連れ戻された婚約者」

ジェイン・A・クレンツ　　山口絵夢　訳

故郷を離れ都会に出る決意をしたデボン。だが友人で富豪のガースにそのことを告げると彼は突然デボンに求婚し、1年後に妻にするため迎えに行くと宣言する。